점자로 기록한 천문서

시작시인선 0222 점자로 기록한 천문서

1판 1쇄 펴낸날 2016년 11월 21일
지은이 이용헌
펴낸이 이재무
책임편집 김연필
디자인 이영은
펴낸곳 (주)천년의시작
등록번호 제301-2012-033호
등록일자 2006년 1월 10일
주소 (04618) 서울시 중구 동호로27길 30, 413호(묵정동, 대학문화원)
전화 02-723-8668
팩스 02-723-8630
홈페이지 www.poempoem.com
이메일 poemsijak@hanmail.net

ISBN 978-89-6021-305-0 04810
     978-89-6021-069-1 04810(세트)

값 9,000원

점자로 기록한 천문서

이용헌

천년의
시 작

끝내는
다 사라질 것이다

하늘엔
별빛만 반짝거릴 것이다

이 얼마나
다행스러운 적멸인가

2016년 가을 이용헌

차례

제1부

그믐

은가락지를 입에 문 검은 새가 천공으로 날아간다

얼마나 날고 날았을까

슬픔의 무게로 기울어진 오른쪽은 닳아 없어지고

고독의 순도로 담금질한 왼쪽은 희미하게 남아 있다

은가락지를 떨어뜨린 검은 새가 어둠 속으로 사라진다

영겁을 물고 왔다 영겁을 놓고 가는 우주의 틈서리에서

소리를 잃은 말들이 침묵으로 반짝인다

한순간 나를 잃고 몸 밖을 떠돌던 내가

언약도 없이 당신을 맞는다

당신의 가는 손마디가 동그랗게 비어 있다

겨울 산

바람이 밤새 벼린 칼을 눕혀
희디흰 눈의 속살을 스칠 때
저만치서 베인 몸을 감추고 누워 있는 물고기를 보았다
가량없이 물안개를 토해내던 아가미와
미명을 털어내던 꼬리는 어디에 두었는지
흔적 한 줄 남기지 않고 저민 살을 수습하는
순백의 등줄기를 보았다
북녘 바다에 산다는 곤鯤이라는 물고기가 저러했을까
이 생각 끝에서 저 생각 끝까지
적막의 지평에 누워 한뎃잠을 자다가도
한번 튀어 오르면 천 리를 날 것 같은 새벽 등성이
곤이라는 물고기가 붕鵬이 되어 나는 것도
붕을 여읜 구름이 구만리장천을 소요하는 것도
한때는 저 바람의 칼을 견뎌왔을 터이니
숨죽이고 누워있는 상처의 바깥쪽은
필시 눈부신 새의 깃털을 닮았다
언제부턴가,
겨울 산 같은 당신 하나 마음 저편에 뉘어놓고
바람에 훔친 칼날로 밤새 긋고 지나갈 때에도
창밖엔 사시장철 눈이 내리고

미처 말이 되지 못한 문장들 눈 속에 가득하였으니
대체, 산과 산 사이 당신과 당신 사이
바람이 베고 간 상처는 몇 리쯤인가

무문관 無門關[*]

    이 동굴의 나이를 알 수 없다. 백억 년이라고도 하고 오십억 년이라고도 하고 혹자는 영혼이 스며든 흔적으로 보아 삼십만 년밖에 안 된 흙구덩이라고 하지만 분명한 건 이곳에서 천지가 창조되었고 생명이 잉태되었다는 거다. 나는 한때 탯줄에 의지하여 살던 수생생물이었으나 나의 어머니는 자신의 동굴에서 나를 던진 뒤 낯선 이곳의 문을 닫아버렸다. 한번 닫힌 문은 열 수가 없어서 하릴없이 나는 천장에 박힌 별을 세거나 벽화에 그려진 초근목피를 씹으며 육생생물로 진화했다. 발밑을 휘도는 물줄기를 따라 채집에 나서거나 도망가는 사슴의 등에 창을 던지는 짓은 생존을 위한 일, 대체적으로 이곳의 풍토는 강자가 약자를 지배하고 빛보다는 어둠이 발호하는 체제, 시간은 박쥐처럼 거꾸로 매달린 채 흘러가고 욕망은 어둠 속에서 인광처럼 반짝거리기도 한다. 가끔 이 동굴을 벗어난 영혼들이 새들로 가장하여 찾아오기도 하지만 나는 애초부터 수생생물이었으므로 부엉이 울음이나 쇠기러기 소리를 아주 믿지는 않는다. 나도 잠시 날개가 있었으면 하고 꿈을 꾼 적도 있었지만 그건 어디까지나 누군가 멀리 떠나간 뒤, 그러한 날은 전생의 태아처럼 웅크린 채 동굴의 구조만을 떠올렸다. 하나 아무래도 난 이 동굴의 정체를 알 수 없다. 별이라고도 하고 지구라고도 하고 혹자는 이승 밖 더 큰 동굴에서 던져진 마지막 유폐지라고도 하지만 분명한 건 이곳에도 돌아갈 문이 있다는 거다. 그러나 나는 기껏 수생에서 육생으로 진화했을 뿐이므로 저 높은 곳에나 있을 법한 문을 찾아낼 방도가 없다. 다만 자신의 동굴에서 나를 내던진 어머니가 진화에 진화를 거듭하여 현신한 어느 날, 얘야 잘 견뎌냈구나, 하며 하늘문을 따주기 전까지는.

• 깨달음을 얻기 위해서 문을 봉해버린 수행처.

뻘밭

방글라데시에서 왔다고 했다
물음표 모양의 쇠갈고리를 들고
폐지 뭉치를 퍽퍽 찔러대는 그의 오른손은
의문투성이다

다섯 손가락 중 세 개는 보이지 않았다
남은 두 개는 엄지와 검지뿐이었다
검은 눈썹 아래 짙푸른 눈망울을 끔뻑이며
온종일 1톤 트럭에 폐지를 싣는 그의 손놀림은
뻘밭을 기어가는 게발 같았다

끼니때마다 그의 왼손에는 바다가 들려 있었다
그가 마른기침을 할 때마다 파도는 넘실거렸다
가끔은 은빛 숟가락을 입에 문 게발이
펄펄 끓는 순두부 사발에 꼼지락거리다가
땡그랑 댕댕, 나동그라지기도 하였다
그때마다 붉은 노을이 제본소 바닥에 흩어졌다

모르겠어요 이제는 맵지 않아요
그의 혀끝은 이미 바다 건너 두고 온 맛과 키스와

달콤한 모국어를 잃어버렸다
세 개의 손가락이 잘려나간 이후
그는 더 이상 아내에게 편지를 쓰지 않는다고 했다

그의 고향은 방글라데시,
인도양의 푸른 파도가 제본기의 책갈피처럼
펄럭이며 밀려올 때면
그는 공장 한 귀퉁이 폐지 뭉치 위에서
낡은 지도책을 펴놓고
엄지와 검지로 바다의 거리를 재기도 하였다

점자點字로 기록한 천문서

푸르디푸른 종이는 구겨지지 않는다
구겨지지 않으면 종이가 아니다
구겨지지도 않고 접혀지지도 않는 것이
하늘에 펼쳐져 있다
새들은 시간을 가로질러 나는 법을 모른다
아무도 새들에게 천문을 가르치지 않는다
아는 것이 없으므로 나는 것도 자유롭다
읽을 수 없는 서책이 하늘에 가득하다
종이도 아닌 것이 필묵도 아닌 것이
사계를 편찬하고 우주를 기록한다
누가 하늘 끝에 별들을 식자植字해놓았나
최고의 천문서는 점자로 기록되었을 것이다
가장 멀고 깊은 것은 마음 밖에 있는 것
나는 어둠을 더듬어 당신을 읽는다
당신의 푸르디푸른 눈빛을 뚫어야만
구김살 없는 죽음에 도달하리라
이 무람한 천기를 아는 듯 모르는 듯
새들은 밤에도 점자를 남기며 날아간다

안개주의보

안개의 제국엔 국경선이 없다. 더 이상 도망칠 백성은 없으므로, 한번 갇히면 누구도 헤어나지 못하지만 그런 연유로 제국의 문은 열려 있고 천지간은 적막으로 가득 떠 있다. 어느 새벽 자전거를 탄 이국의 사내가 안개 속으로 빨려 들어간 적 있다. 비어 있으나 비어 있지 않고 차 있으나 차 있지 않은 그곳에서 꼼짝없이 여생을 갇혀 지내야 하는 일이 사람의 나라에선 외롭고 슬픈 일이지만 안개의 제국에선 흔하고 흔한 일, 아무도 자진 월경越境한 자의 행방은 수소문하지 않는다. 한번 삼키면 뱉을 줄 모르는 자본의 뱃속처럼 어둡고 컥컥한 길을 따라 그는 아직도 불 꺼진 공장 밖을 전전하고 있을까. 도道를 도라 말하면 도가 아니듯 무無를 무라 하면 무가 아니듯 죽음을 죽음이라 말하지 않는 사람들, 저 속절없이 자욱한 안개숲에는 더 이상 가지를 내밀 수 없는 나무들이 있다. 혼자인 듯 아닌 듯 아스라이 하늘을 괴고 서 있는 저것들을 사람들은 전신주라 부르지만, 안개의 제국에선 깃발 없는 만장輓章이라 부른다. 지난여름, 자전거를 타고 나가 돌아오지 않는 사내는 여전히 오리무중이란 말을 모른다.

어느 오, 후

구름 위를 걸어가는 코끼리가 있었다
코끼리는 맨발
맨발로도 갈 수 없는 길은 없었다

후박을 오동으로 알고 한철을 기다린 눈먼 새가 있었다
새의 이름은 후조
후조는 후박열매 같은 눈을 감고
오동나무 잎 같은 귀를 가진 코끼리 등에 내려앉았다

발 없는 맨발로도 갈 수 없는 길은 없었다

부처는 신을 신지 않고도 일생을 살았다
마음속에 신을 모시는 자만이
몸 밖에 신을 신고 혹은 질질 끌며
끝내는 지옥으로 들어간다

천년을 걸어와 벽 속에서 사는 코끼리도 있다
코끼리는 오동을 후박으로 알고
오동나무 잎 같은 귀를 펄럭이며
후박나무로 짠 관 속에 누웠다

혹자는 집채만 한 코끼리가
어찌 관 속으로 들어갈 수 있겠냐고 묻겠지만
불전 위를 날아본 작은 새도 그쯤은 알고 있다
오동이든 후박이든 코끼리든 사람이든
제 발 딛고 사는 곳이 육방벽 관이라고

그러하매 발바닥에 병이 돌아 요사채에 걸터앉은
나여, 나여,
후박나무 등걸을 오동으로 알고 한 그늘을 쓰다듬은
이 눈먼 애연愛緣은 어느 발등 위에 내려놓을 건가

비밀의 문

나무 위에도 문이 있다는 걸 어떻게 알았을까

한 사내가 제 몸을 나뭇가지에 걸어놓고 하늘로 떠났다
주머니에선 하늘로 가는 차표 대신 한 장의 쪽지가 발견
되었다
쪽지에는 그가 사랑했던 이름들과 뜻 모를 숫자들이 나
열되어 있었다
사람들은 몸만 남겨두고 영혼은 사라진 문의 비밀번호
가 궁금했다

날이 밝기 전 사내는 아무도 모르게 집을 나섰을 것이다
일생을 열고 닫았던 문과 문마다 그의 지문이 파문을 그
렸을 것이다
현관문을 열고 나와 택시 문을 닫을 때까지만 해도
그가 지상의 마지막 문을 닫았다는 걸 안 사람은 없었
을 것이다

그는 왜 소리마저 다 걸어 잠그고 하늘로 갔을까

날개를 잃은 새는 하늘을 날 수 없어도

몸뚱이를 잃은 사람은 하늘을 날 수 있는 법

그는 한 치의 망설임 없이 돈과 사랑을 선택했듯이
한 치의 망설임 없이 절망과 배신 앞에 생을 접기로 했
을 것이다
그리고는 스스로 열리지 않는 미명의 문 앞에서
스르르 열 수 있는 비밀번호를 남기며 나뭇잎처럼 몸을
떨었을 것이다

말을 걸어 잠근 하늘마다 소문들이 매달려 있다

문설주 없는 문을 지나 어둠의 저쪽을 건너가면
별빛 푸른 그곳에서도 나무들은 자랄 테고
뿌리에서 둥치를 거쳐 우듬지에 이르기까지
나무엔 한 사내의 비밀이 손금처럼 환히 요약되어 있을
것이다

묵지墨池

벼루의 가운데가 닳아 있다
움푹진 바닥에 먹물이 고여 있다
바람을 가르던 붓끝은 문밖을 향해 누웠고
막 피어난 풍란 한 촉 날숨에도 하늘인다
고요가 묵향을 문틈으로 나른다
문살에 비친 거미가 가부좌를 푼다
격자무늬 창문을 살며시 잦힌다
달을 품은 하늘은 한 장의 묵화
어둠 갈아 바른 허공에도 묵향이 퍼진다
지상의 화공이 붓을 들어 꽃을 그릴 때
천상의 화공은 여백만 칠했을 뿐
달을 그린 화공은 어디에 있는가
길 건너 미루나무 먹빛으로 촉촉하고
검푸른 들판 위에 연못이 잠잠하다
갈필渴筆로 그리다 만 한 생애만이
마음속 늪지에서 거친 숨 적시고 있다

夜話 혹은 野花

흘러가는 것들은 모두 씨를 뿌린다
시간이라는 것과 공간이라는 것의 사타구니에
누구도 영원을 보여줄 재간은 없다
단지 믿고자 할 뿐이다
그리하여 달구름도 흘러가면 그뿐이라고
흐르다 되돌아올 사랑 따윈 없는 거라고
강물도 가끔은 씨를 뿌린다
굽이굽이 쓸쓸함으로 흘러온 산그늘도
산그늘을 바람칼로 긋던 개똥지빠귀도
해가 지면 황홀한 쪽으로 숨어들고
갈숲 자욱한 어둠의 자궁 터에서
젖빛으로 피어난 저 물안개를 보라
필시 종내에는 바다에 닿아 죄를 씻었을
강물과 강물들이 뿌려놓은 씨가 터져
지금 양수리兩水里의 밤은 환하다
이 맹랑한 야사野史를 바다로 전하려는 듯
강둑의 전신주들 일제히 줄을 당긴다

삼청기원三淸棋院 관전기

한 생을 다한 은행나무가
도끼질을 하고 대패질을 하여
제 가슴팍에 파문波紋을 일게 한 다음
흰 돌과 검은 돌을 띄워
서로 각축을 벌이게 하는 것은
결코, 일시에 무너진 전생을
복기復棋해보고 싶어서만은 아니리

그도 한때는 영원을 노래하며
휘하에 무수한 가객을 거느렸으나
가객은 어느 해 자객이 되고
자객은 어느 날 천둥벼락을 불러
한순간 그를 넘어뜨렸으니
죽어서인들
천리와 병법에 통달하고 싶지 않았겠는가

그러나, 죽어서 경經을 깨친 은행나무가
제 몸에 하늘을 열고 이르기를
누구든 잎이란 잎으로 영원을 노래하거나
입이란 입으로 가슴에 비수를 꽂는 자는

천 리 밖 파문破門에 처하고
싸움은 세세생생 묵언으로만 할 것!

담배 연기 너머로 은행잎 진다
초록 아니면 노랑이 전부였던,

스파이럴 갤럭시Spiral Galaxy®의 법칙

　돌고 도는 것은 없네 돌아서 제자리에 오는 것도 없네. 있다면 그것은 나선螺線으로 전진하는 것, 내가 당신 주위를 돌며 지나새나 당신의 그림자를 밟는 일이나 뒷집 거세된 수캐가 쿵쿵대며 앞집 담벼락을 도는 동안에도, 기억 속에 떨어뜨린 손목시계는 쉬지 않고 돌고 추억 속으로 사라진 레코드판도 어디선가 돌고 있을 테지만, 지금의 시계 소리는 그날의 시계 소리가 아니고 지금의 노랫가락은 그날의 노랫가락이 아니네.

　들어보았나 당신, 저 아득한 은하로부터 광속으로 날아온 달팽이 한 마리, 제 태어난 세상을 제 집의 형상으로 삼고 우기의 길목마다 오물오물 비밀을 발설하는 달팽이, 아무도 그려본 적 없는 태초의 내력을 온몸에 새긴 채 밤마다 은밀하게 천기를 누설한 죄로 지상에서 가장 느리게 몸을 밀어야하는 달팽이, 수컷도 아니고 암컷도 아닌 안쪽도 아니고 바깥쪽도 아닌 중립의 경계만이 목숨을 지탱하는 시간.

　산자락을 돌면 아직도 녹슨 안테나를 세우고 당도할 수 없는 그리움을 수신하는 달팽이가 있네. 제 한 몸 제 살아가는 집처럼 둥그렇게 말고 한없이 느리게 느리게 밥그릇을 비우는 달팽이가 있네. 밤이면 푸른 달빛 아래 다시는 전향하지 않을 유언을 남기고 구만 광년 먼 하늘로 돌아갈 날 기다리는 달팽이가 있네. 그러나 꿈속에서도 꿈 밖에서도 돌고 도는 것은 없네. 돌아서 제자리에 남겨지는 것도 없네. 있다면 그것은 소멸하며 회오리치는 그리움의 긴 잔해일 뿐.

● 소용돌이 형태의 나선은하.

사과에 대한 미신

단물이 빠져버린 사과가 놓여 있다
그는 마치 싱싱한 사과인 것처럼 사과를 그린다
화폭에 가득한 사과 냄새
알고 보면 그것은 가득한 것이 아니라
가득 떠 있을 뿐, 어디에도 사과는 없다

사과는 나무에 달려 있을 때 사과다
아니다
사과는 쟁반 위에 올려 있을 때 사과다
아니다
사과는 내 손아귀에 쏘옥 들어와
한입에 아삭, 깨물었을 때 사과다
그러나 이것은 사과를 먹어본 사람의 이야기

어떤 나라에선 평생토록 사과 맛을 모르고 죽은 자도 있다
사과를 모르는 자에게 사과의 빛깔은 어둠이다
그러므로 이것도 사과의 존재를 아는 사람의 이야기

과육이 상실된 사과를 그리는 그에게
하얀 이빨을 선물한다

밤새워 그리는 그것이 사실은 사과가 아니라

사과의 환영幻影에 지나지 않는다는 것을 그도 잘 알기 때문이다

그런데도 왜 한갓 사과에 집착하느냐고 물으면

그는 환영도 내면의 일부라고

본디부터 내면은 껍질에 지나지 않는 것이라고 웃기 때문이다

그러니까 이것도 사과를 그려본 사람의 이야기

어떤 나라 풍습에는 신화 속의 사과를 훔쳐 먹고도

단물이 뚝뚝 떨어지는 사과를 먹었다고 믿는 족속이 있다

미간眉間을 짚다

너무 멀어 보이지 않는 산등성이를 보기 위해
오래도록 먼 산을 바라본다

아스라이 어른거리는 산줄기를 따라가다 보면
앞산과 뒷산이 겹치고
흰빛과 검은빛이 겹치고
어제와 오늘이 하나인 듯 겹친다

겹친다는 건 어떤 근원을 슬며시 내어주는 것

멀고 먼 타지에서 온 당신이
저만치 앉아있을 때
저만치 앉아서 등을 돌리고 고개를 숙이고
산그늘처럼 고요히 숨을 쉬고 있을 때
오늘은 오늘이 아닌 어제로 아롱지고
어제는 근원을 알 수 없는 오늘로 다가온다

너무 멀어 보이지 않는 산과 산 사이에
깊이를 알 수 없는 골짜기들이 있듯이
너무 멀어 보이지 않는 당신을 보기 위해

오래도록 주름진 내 눈썹과 눈썹 사이에도
근원을 알 수 없는 골짜기가 숨어 있다

내 천川 자이거나 물 수水 자이거나
물을 상형화한 문자들은 왜 주름살을 닮았는지
너무 깊어서 보이지 않는 눈물의 골짜기에는
어떤 슬픔을 간직한 표의문자가 담겨 있는지

넘지 못할 산을 넘어보자고 신발 끈을 조이고
배낭을 메고 숨을 고르던 날이 있었다

마魔의 삼각지대

버뮤다, 그곳에 이런 시가 있다 하자.

아침바람은 저녁으로만 분다.
저녁은 붉은 울음을 토해놓고
미궁의 노을 속으로 사라진다.
누가 이처럼 선명한 고백을 슬픔이라 하나
새들은 붉어진 눈으로 난바다의 해조음을 찍어 나른다.
도끼날처럼 반짝이는 섬광 뒤로 비행운이 끊긴다.
그때마다 놀란 새들은 말들을 집어삼키고
나침반도 없는 귓문 밖으로 사라진다.
멀고 먼 우주에선 하늘과 바다도 한 쌍의 조가비
아무도 사라진 진주에 대하여 말하지 않는다.

플로리다, 그곳에 이런 시를 평하는 사람이 있다 하자.

바람의 노래는 있었지만 슬픔의 노래는 없었다.
아침의 노래는 있었지만 저녁의 노래는 없었다.
그럼에도 이곳에선 없는 것도 있는 것이며 있는 것도 없
는 것이다.

다만 항로를 잃어버린 눈과 귀들은 착란과 같아서
결코 새들의 언어를 해독하지 못할 것이다.
항차 문자와 서책이 사라지지 않는 한
음유의 장난은 멈추지 않을 것이다.
난잡한 비유 같지만 음유와 음흉은 길항과 같아서
둘이면서 하나이고 하나이면서 둘이다.

푸에르토리코, 그곳에 이런 평을 읽은 독자가 있다 하자.

우리는 당신들을 원하지만 당신들을 원망해요.
우리는 문명을 모르지만 문맹은 아니어요.
우리는 구름 위의 시보다 바다 위의 시를 원해요.
우리는 새들의 언어보다 당신들의 언어를 이해할 수 없
어요.
우리는 당신들을 찾고 싶지만 찾을 수가 없어요.
이곳은 당신과 당신의 친구들이 사라진 자리
어쩌면 당신들은 마희魔戲를 즐기는 이방인들인지도 모
르죠.
세상에 불가사의한 것은 많아도 불가해한 것은 없어요.
마의 삼각지대는 바다에 있는 것만은 아니죠.

제2부

지하 공단역

쿵쿵쿵…… 계단을 오른다
총총총총…… 계단을 오른다
딱딱딱딱딱…… 계단을 오른다
헙헙헙헙헙헙…… 계단을 오른다

오르고 올라서
아침햇살이 발목을 점검하는 저마다의 지상으로 흩어진다
(흩어져서 끝내는 돌아오지 않는 발목도 있다)

이생에서 우리의 일과란
어둠을 부리러 갔다 묻혀오는 일
온종일 소리에 갇혀 깎고 쓸고 자르고 나르는 사이
다시금 잔업처럼 어둠이 감겨오면
우리는 일제히 더디어진 걸음으로 주름 접힌 계단을 내
려온다

계단을 내려와
깊이를 알 수 없는 거대한 아가리 속으로 들어간다
아가리 속에는
일생이 노역인 양 제 몸을 끌고 다니는 철갑충이 서 있고

철갑충 속에는
쇠를 녹일 허기에도 소화될 수 없는 헐은 발목들이
저마다 기울어진 자세로
하나뿐인 몸뚱이를 받들고 있다

양철지붕 이발소가 있던 자리

유년의 양철지붕이 너붓거리고 있었다. 이발소 삼색등이 허공에 나사를 조이고 있었다. 흰 가운을 걸친 구름이 김칫 국물 같은 노을을 닦으며 지나갔다. 산발한 나무들은 가으 내 까칠해진 머리들을 자르기 위해 낮 동안 품었던 새 떼를 강가로 날려 보냈다. 새 내려앉은 자리마다 사각사각 가위 질하는 소리가 들렸다. 웃자란 억새들이 파르르 모가지를 흔들었다. 바리캉 지나간 들판에는 마른버짐처럼 폐비닐이 나풀대고 누대에 걸쳐 소를 몰고 돌아가던 둑길엔 어린아 이의 그림자조차 보이지 않았다. 흔적을 남기지 않는 것은 그 마을의 오랜 내력, 장성한 사내들은 하나둘 둑길을 서성 이다 지워졌다. 몇몇 남은 촌로만이 툇마루에 쪼그린 채 콩 을 고르거나 사라진 굴뚝 대신 담배 연기를 내뿜었다. 떠나 는 것들은 사람만이 아니었다. 더러는 강가의 나무들도 뿌 리째 실려 나갔다. 떠나가는 것보다 힘든 일은 혼자 남아 누군가를 배웅하는 일, 맨발의 어머니가 먼저 간 형을 묻고 주저앉던, 지금은 무덤 속 아버지가 이발을 기다리는 그 마 을, 거기 유년의 양철지붕은 없었다. 스러진 삼색등이 이승 과 저승 사이에 나사를 조이던 벌초길.

그러니까 거기

쯧쯧, 혀를 차거나 쓰윽 입맛을 다시거나
웬 커다란 개 같은, 개새끼 같은 그림자가
거기, 어둑한 무엇을 만작이며 서 있다

칙칙, 침을 뱉으며 혹은 코를 훌쩍거리며
글쎄, 언제부턴가 그림자도 없는 형체들이
길모퉁이나 신호등 속에서도 어슬렁거린다

돌아보면 흠칫했다 다시 나타나는 쥐새끼처럼
쥐새끼의 까맣고도 콩콩거리는 눈빛처럼
그들의 구두코는 음지에서도 반들반들하다

누가, 그러니까 밤도 아닌 낮에
이어폰을 꽂고 "별이 빛나는 밤에"를 듣고
"하늘을 우러러 한 점 부끄럼 없는" 밀어를 속삭이는지

어디선가, 입술을 꽉 다문 채
더러는 눈초리를 자그시 올리고 웃어젖히는
마녀 같은 너의 민얼굴이 보고 싶다

거기에선, 너의 모든 잘못은 나의 오해가 되고
너의 모든 상처는 나의 아픔이 되는
아련하고 아스라한 사랑 같은 것도 없지는 않을 테지만,

글쎄, 그러다가
어떤 입발림은 주둥이가 되어 시정市井으로 쫓겨나고
어떤 입방정은 입에도 담지 못할 아가리가 되어
잡배雜輩들 사이를 떠돌기도 하겠지만

그러니까 거기, 입이 좀 그렇더라도
웬 커다란 궁륭 같은 그곳을 떠올리면
나는 반란군처럼 퉤퉤, 침을 뱉거나 욕지거리를 하며
분노 파다한 광장을 걷고 싶은 것이다

비수匕首

하필이면 웃음 뒤에 있는 거지?
하하하하, 하다못해 하품 뒤라면 몰라도
호호호호, 호두알처럼 호들갑 떨 일은 아니지
알고 보면 비웃음도 웃음의 서자니까
고적한 침방에 은촛대 밝혀놓고
나는 밤마다 독야청청을 생각했지
갈면 갈수록 날카로워지는 기억들
칼은 지모가 없지만 총보다 은밀하지
누가 보내왔을까
허리춤을 벗어나 하늘로 간 은장도
소리소문없이 창밖에 뜬 그믐달을 보면
아무래도 난 말 못할 슬픔이 많아요
아버진 칼보다 총을 좋아했지만
나는 날이 갈수록 총소리가 싫어요
고마워요 칼
죄송해요 국군장병 여러분
사실인즉 나는 통일 없는 세상에 살고 싶어요
하하하하, 비웃지 마세요
호호호호, 나한테 밉보이면 큰코다쳐요
그러니까 배신은 늘 웃음 뒤에 있고

칼끝은 어둠 속에서도 소신을 잃지 않는다는 걸
말하지 않아도 알았어야죠
미안해요 동지
사랑해요 국민여러분

거꾸로 핀 꽃에 관한 설화

벽지에 스며든 빗물이 간밤에 꽃을 피웠다
천장에서 뻗어난 뿌리는 바닥을 향해 줄기를 내리고
녹슨 못 자국마다 얼룩을 매단 꽃숭어리들
세상에, 거꾸로 핀 꽃이라니

태초의 생명은 물에서 태어났다는 말 들은 적 있지만
수직의 벼랑에 착생한 저 꽃의 근본은 무엇인가
나는 어머니의 자궁에서 착생하다 머리부터 밀고 나온
삼만 년 전쯤 내 얼굴을 그려보다가는
전생의 버짐 자국 같은 꽃의 출처를 찾아 나선다

그때 아버지는 비를 맞으며 사냥을 나갔고
창끝에 걸려든 짐승을 눕혀 어깨에 둘러멨을 때에도
꽃은 거꾸로 피었다
그리하여 꽃이 피는 날은 천지가 비릿한 날
허기진 무릎들은 바위틈에 둘러앉아 불을 지피고
아버지의 등짝에 핀 꽃이 희미한 얼룩으로 변해갈 즈음
나는 서툰 몸짓으로 또 다른 꽃무늬를 등에 새겼다

하늘 아래 내 첫울음을 받아낸 그곳엔 벽이 없었다

벽이 없었으므로 비는 아버지 등에만 내렸고
아버지가 사라진 오늘, 빗물은 벽을 타고 흐른다

한평생 맨몸으로 살아가는 사람들의 집에 피는 저 꽃은
그러니까 비가 아니라 피의 흔적인지도 모른다

갈매기의 집

서울 한복판에도 바다가 있지
국민은행 종로지점 365자동화코너에 바다가 있지
한여름에도 섭씨 25도를 넘지 않는 오월 바다
벼랑 한쪽에는 백만 촉광의 등대보다 밝은 CC카메라가
떠 있고
현금입출금기, 통장정리기라는 문패가 달린 초현대식 펜
션도 있지
그 집은 비밀이 자욱해서 해가 중천에 떠도 함부로 창을
열지 않지만
지하실엔 돈뭉치가 그득하다지
내색은 안 해도 누구나 한 번쯤은 문을 따보고 싶은 곳
이지
나 같은 빈털터리는 숫제 통째로 털어버리고 싶은 적도
많지
털다가 들키면 간조의 바다에 둥둥 띄워져 주린 갈매기
밥이나 될까
나 어느 날, 그 집 우편함으로 들어간 적 있네
뱃가죽을 등에 붙인 채 빛바랜 치부장으로 들어간 적 있네
납죽 몸을 눕히고 몇 개의 아라비아 숫자를 떠올리며 눈
을 감았을 때

꿀꺽, 나를 삼키던 그 집

해조음도 들리지 않는 캄캄한 모래톱에서 한순간 누군
가 나를 훑더군

어둠 속에 저장된 내 일거수일투족을 조목조목 음어로
토해내더군

그때 나 알았네

나 들어간 그곳이 산란을 관장하는 갈매기들의 영토라
는 걸

오랫동안 정리 못 한 통장을 통장정리기에 넣는다

끼루룩 끼루룩 끼루룩……

잔고 '0'의 외톨 알들이 내 지나온 궤적마다 뒹굴고 있다

오수午睡

진눈깨비 날리는 중부시장, 명란젓을 팔던 노파가 졸고
있다
　갯지렁이처럼 불거진 손등을 무릎에 포갠 채
　꼬무락꼬무락 바다의 밑바닥으로 가라앉고 있다
　물너울 넘실대던 흥남 앞바다로 가는 것일까

　스무 살 저편 그녀는 바다를 건너는 게 꿈이었다
　한 뙈기 밭두렁에 눌러 붙은 열두 식구의 목구멍은
　아버지의 그물질에 달려 있었다
　망망창창 아침 바다는 매양 날것으로 반짝였으나
　배가 고파요 어머니,
　어느 해 겨울부터 어머닌 아버지를 깨우지 않았다

　개마고원을 넘어온 높바람이 밤배를 밀던 밤
　물살을 가르는 그녀의 등줄기에는 지느러미가 돋고 있
었다
　아버지의 그물 속에서 팔딱이던 눈 퀭한 생선처럼
　그녀의 눈동자엔 물거품이 일었다 지고
　꿈을 짚던 관자놀이엔 아가미가 벌쭉거리고 있었다

52

낯선 포구의 밤이 흐르는 건 시간 문제였다

　탱탱한 그녀가 할 수 있는 건 뭇 사내의 알을 배는 일뿐
이었다

　밤마다 등지느러미를 흔들며 젖은 옷고름을 풀어헤치면

　그리움의 자손들이 치어 떼처럼 몰려왔다

　자줏빛 젖꼭지가 퉁퉁 불어 있는 날들이 늘어갔다

　그녀는 밤새 낳았던 알을 노을에 절이며 울었다

　명란젓이요 명란,

　길모퉁이를 도는 바람이 비닐천막의 치마폭을 걷어 올
리자

　한 무리의 명태 떼가 흥남 앞바다를 가르며 달아난다

　화들짝 놀란 그녀의 고쟁이 속에서 후욱, 갯내음이 쏟
아진다

메이데이

새벽, 화장실은 고요하다
고요하면 귀가 커진다
커진 귓속으로 또옥 똑 똑, 물 떨어지는 소리
덜 잠긴 수도꼭지 안에서는
미처 빠져나오지 못한 물들의 쟁투
땅 속으로 땅 속으로만 백 리는 달려왔을
기나긴 물줄기들의 터질 듯한 아우성
물방울들이 뚝 뚝 뚝, 앞을 다퉈 몸을 던진다

나는 변기통을 깔고 앉아
아무것도 못 들은 체 신문을 펼친다
신문 속에서도 온갖 세상이 소리를 지른다
중앙아메리카를 흔드는 좌파 정권
날로 우익화되어가는 자민당 정권
주가는 하락하고 선거날은 다가오고
오늘은 메이데이, 맨 처음 노동자들은
은방울꽃을 들고 시위를 했단다

신문을 접으며 물을 내린다
전투기 솟아오르듯 일제히 쏟아지는 물들의 함성

그러나, 기다림의 깊이만큼
다시 또 땅속으로 땅속으로
천 리는 더 달려갈 물들의 행렬
메이데이인 오늘도 나는
수도관처럼 얽힌 길을 따라 출근을 한다
아침 거리는 고요하다
귓전에서 은방울 소리 철렁인다

개화

목련꽃을 보았지요
지금은 볼 수 없는
목련꽃을 보았지요

백 년이나 이백 년 전
캄캄한 길에서였지요
길도 아니고 들도 아닌
어둠 밖의 어둠 속에서였지요

목련꽃을 보았지요
한 송이도 아니고 두 송이도 아닌
목련꽃을 보았지요

어둠도 아니고 빛도 아닌
마른나무 가지 끝에 저마다 내민
희디흰 꽃 몽우리들

그래, 목련꽃을 보았나요?
방방곡곡 가가호호
솜뭉치 친친 감아

한달음에 달려왔다 한달음에 달려가던

그러다가 마침내는
화, 화, 화, 화,
불꽃으로 피어나던
봉기 전야의 그 흰 꽃

비 그친 오후

남도면옥 담장 밑에 조그만 웅덩이가 생겼다
밤새 바람이 쓸고 닦은 물거울이다
찬찬히 들여다보니 지붕 한쪽에 하얀 접시안테나가 떠
있고
실버들 가지마다 겨자물이 배어 있다
푸릇푸릇한 겨자물이 하늘 가득 번지고 있다
갈길 급한 비구름이 후루룩 새참을 들다 만 걸까
전깃줄에 걸린 실버들이 주방을 거쳐온 면발처럼 부드
럽다
땡볕과 혹한을 지나온 나무가 봄날에 나울거리는 법을
알겠다
문득 물거울 속 안테나가 아른아른한 기억 하나를 보내
왔다
언젠가 거울을 들여다보며 울던 주방 여자를 본 적 있다
그녀의 머리카락도 실버들처럼 한드랑거리고 있었다
바람이 쪽문 사이로 불던 오월이었다
무등산 자락에서 그녀의 오빠가 죽은 날이라 했다
군용트럭에 실려간 오빠는 버드나무가 일렬횡대로 늘어선
교도소 담장 밑에 버려졌다고 했다

고요한 웅덩이 위로 돌 하나를 던져본다

울컥, 솟구쳤다 멀어지는 물속 안테나를 따라가면

아직도 비가 되지 못한 슬픔들이 먹장구름으로 떠돌고

겨자물보다 매운 눈물들이 하늘 가득 번져 있는 것이 보
인다

남지나해에 새긴 낙서

산까치가 햇살을 퍼 나르는 오후
누렁개 한 마리 목줄 내려놓고 와선臥禪 중이다
젖 감질난 새끼들은 산문 너머 탁발 나갔나
바리때처럼 반질반질한 개 밥그릇 저 홀로 고요하다
밤새 산문 밖 소리 끌어당기던 두 귀도 드리운 채
댓돌 아래까지 다가선 구두 소리 아는지 모르는지
연꽃무늬 맨발바닥 그늘에 묵화墨畫를 치고 있다

지난날, 목줄에 끌려갔다 사라진 할머니를 생각한다
한 끼 밥에 속아 앙가슴 여며가며
낯선 군홧발 자국을 따라나섰던 할머니
퍼렇게 짓뭉개진 남지나해 하늘을 안고
본능이 이글거리는 생의 막장에 손톱으로 눌러쓴
"엄 마 보 고 싶 어 요"

햇살이 진종일 개 밥그릇에 내리쬐는 광복절
말아 쥔 조간신문에 인화된 빛바랜 사진 한 장
기우뚱한 요사寮舍 위로 구름은 감실감실 스러지는데
지워야 할 기억들은 왜 스러지지 않나

나 한때, 이생의 망나니들과 더불어
목줄 달린 저 육신 허공에 매단 적 있다

나팔꽃

나팔꽃 줄기를 따라 내려가면

거기,

아무도 몰래 지어놓은

지하방송국이 있다.

세상 밖 전하고픈 깜깜한 소리들을

향기와 빛깔로 바꾸어 송출하는

벙어리지하방송국이 있다.

블라인드 테스트[*]

자, 무대는 흰 종이입니다.
대상은 검은 글자입니다.
투명유리액자 속에 검은 글자들이 가득합니다.
눈을 가리는 대신 액자 속의 이름을 가리겠습니다.
혀 아닌 눈으로 감별해도 좋습니다.
귀를 쫑긋 세워도 상관없습니다.
중얼중얼 뇌까려도 반칙은 아닙니다.

자, 질문 들어갑니다.
액자 속의 이름을 맞춰보시기 바랍니다.
잘 아시겠지만 여기 놓인 검은 글자 속에는
시중에 흔치 않은 메타포 액상이 들어갔을 수도 있고
자기만이 개발한 알레고리 분말이 들어갔을 수도 있고
새로 특허출원한 패러독스 색소가 들어갔을 수도 있고
환상적인 이미지와 상상력을 자극하는 공감각이
묘약으로 들어갔을 수도 있습니다.
중요한 건 자기도 모르는 아포리즘이나 페이소스가
속임수로 들어갔을 수도 있습니다.

자, 우선 제품의 특징이 보입니까?

혹시 기성 제품을 모방하진 않았습니까?
정말 독특하고 뛰어납니까?
정말 미래지향적이고 환상적입니까?
진실로 아름답고 감동적입니까?
진실로 장인정신이 느껴집니까?
아, 왼쪽에서 세 번째 계시는 분
이름을 들춰보시면 안 됩니다.
이름 속에 담겨 있는 학연과 지연과 혈연과
실핏줄 같은 인연은 다 거둬주길 바랍니다.

자, 무대는 흰 종이입니다.
그야말로 백지상태에서 시작하는 겁니다.
맹물로 입을 헹구고
찬이슬로 눈을 적시고
솔바람에 귀를 씻고
다시 원점에서 투명유리액자 속을 찬찬히 살펴보세요.
그리고서 액자 속의 이름을 맞춰보세요.

저기, 오른쪽 맨 끝에 계시는 분
땀을 는질는질 흘리시는군요.

당신의 이름은 무엇입니까?
시인입니까?
독자입니까?
평론가입니까?
아니면 이름으로 이름을 사고파는
이름난 글자공장 청맹과니 주인입니까?

● 사전 정보를 차단하기 위해 눈을 가리고 하는 실험.

금성가구점

작업실 문을 나설 때까지만 해도 몰랐다. 막차를 놓치지 않기 위해 발걸음을 재촉하던 내가 마침 금성가구점 앞에 멈춰 서게 되리라고는, 가랑비가 굵어지지만 않았어도 몰랐을 것이다. 가방 속에서 접이 우산을 꺼내 펼치려다 우연히 그 집 유리창 안을 훔쳐보게 되리라고는, 아니 엄밀히 말하면 그것은 내가 그쪽을 보는 것이 아니라 그쪽이 나에게 보여준 셈이었지만 여하튼 달빛은 이미 허옇게 내뱉은 혼령을 거두어 가고 버즘나무 이파리가 상두꾼을 대신하여 땅을 치던 밤이었다. 어둑한 보도 위에는 진종일 밟힌 시간들이 오와 열을 맞춘 채 쓰러져 있었고 나는 늦은 문상을 끝내듯 저벅저벅 돌아가는 중이었다. 그때 통유리 너머로 괭이눈처럼 반짝이는 것들이 보였다. 입술과 입술이 움직이는 것 같기도 했고 눈동자와 눈동자가 서로를 탐조하는 것 같기도 하였다. 처음엔 건너편의 네온등이 딸꾹질을 하는 것이라고 생각했다. 그러나 가까이서 본 그들은 분명 쌍쌍이 궁둥이를 포개고 있었고 번들거리는 대리석 위에서 떼를 지어 교접하고 있었다. 어둠 속 의자들이 밤마다 은밀하게 열락을 즐기는 것은 어쩌면 공공연한 비밀이었는지도 모른다.

나는 금성가구를 지날 때마다 금성으로 가는 꿈을 꾸곤

했었다. 가끔은 유년에 즐겨 듣던 트랜지스터 라디오도 떠올렸지만, 어느 날부터 흘러간 노래 같은 건 가슴에 남겨두지 않기로 했다. 과거를 소멸시키며 가앙가앙 우주로 멀어져가는 일은 풍구질을 뿌리치고 날아가는 쥐불 깡통처럼 뜨겁고 아뜩하였으나 정말이지 한순간에 지상을 떠난다는 것은 얼마나 환상적인가. 하나 금성으로 가는 길은 겨우 사거리 신호등 앞에서 멈추곤 했었다.

오늘도 금성가구 앞에는 색색의 의자들이 늘어서 있다. 아니 앉아 있다고 해야 옳을 것이다. 그들은 부뚜막의 고양이처럼 다소곳이 앉아 손님을 기다리거나 페르시안 고양이마냥 무료한 하품을 하고 있다. 그러나 낮 동안의 의자들은 청량리나 미아리의 여자들처럼 암고양이 소리를 내거나 절대 다리를 꼬고 앉는 법이 없다. 이제 금성가구 안에 또 하나의 금성이 있다는 건 내 마음 안에 또 하나의 내 마음이 있는 것처럼 더 이상 비밀이 아니다.

무덤의 출처

눈물이 낳은 알이라니

부화되지 않는 알이라니

품으로는 품을 수 없는 알이라니

장지가 둥지인 알이라니

세세생생世世生生,

죽음만이 거처할 수 있는 알이라니

제3부

만추晩秋

노란 은행잎이
노란 밥을 먹고 노란 똥을 싸고 노란 이불을 덮고 자는
저녁,

나는 누런 달빛 아래
누렇게 뜬 얼굴로 누런 오줌을 누다가 파르르르르르,
진저리를 친다

노란과 누런 사이에서 별들은 깜빡거리고 풀벌레는 찌
찌거리고
갈숲 바람은 일필휘지로 허공에 갈 之자를 갈긴다

가서는 다시 돌아올 리 없는 흔적들
내 생엔 다시 볼 수 없는 묵적墨跡들
아무도 색을 섞지 않는 무색계無色界의 이 시간
노랗지도 누렇지도 않은 어둠의 파지들만 구름 속을 떠
돈다

누군가 만취한 만추에 쓰라고 보내온 노전 한 냥
하늘 허리춤에 떠 있다

혹은

어느 한쪽이 어느 한쪽을 고집하지 않는다.
서로 천거하거나 서로 양허한다.
서로 떠밀거나 쏘개질하지 않는다.
늘 선택의 여지를 남겨둔다.
그러면서 너와 나를 부드럽게 이어준다.
말과 말 사이에서 글과 글 사이에서
있는 듯 없는 듯 출몰하는
혹은,
어느 한쪽이 어느 한쪽으로 쓰러질 수도 있다.
서로 손사래를 치다가 눈이 맞을 수도 있다.
서로 잡아당기다가 무릎에 앉을 수도 있다.
선택의 여지는 누구에게나 있다.
그러면서도 너와 나는 무뚝뚝하게 살아간다.
소문과 소문 사이에서 눈치와 눈치 사이에서
모르는 듯 살아가는
혹은,
어느 한쪽이 어느 한쪽을 꺾으려 한다면
서로 끌어내리고 서로 가무리려 한다면
서로 떠밀거나 분대질만 한다면
선택의 여지는 없다.

너와 나는 거기서 끝이다.
사람과 사람 사이에서 시대와 시대 사이에서
누가 쓰러지든 말든 강다짐하는
혹은,
그러므로 혹은, 이라는 말은
앞엣것이 뒤엣것을 무시하지 않고
뒤엣것이 앞엣것을 탓하지 않는다.
서로가 서로에게 강제하지 않는다.
사랑 혹은 정치는 그다음의 일이다.

갈치 레시피

도마 위에 칼이 있습니다.
칼은 지금 갈치를 다듬을 것입니다.
갈치를 칼치라 부르는 사람들은
칼로 갈치를 가르는 것을
칼이 칼의 배후를 가르는 거라고 합니다.
풀치는 갈치의 새끼입니다.
풀치는 풀의 이파리를 닮았습니다.
그러므로 또 갈치를 칼치라 부르는 사람들은
칼로 풀치를 자르는 것을
칼이 칼의 싹수를 자르는 거라고 합니다.

그러나 칼이 갈치의 후예인지도 모릅니다.
칼이 나오기 전부터 갈치는 바다를 갈랐습니다.
손잡이가 없이도 갈치는 온몸으로 바다를 갈랐습니다.
그렇다면 그것은 칼이 칼의 모태를 가른 것일까요?
남쪽바다가 은빛으로 반짝이는 건
갈치비늘이 칼날처럼 빛나는 것이듯,
그런데 누가 물고기의 이름에 칼을 갖다 댔을까요?
칼칼하다와 갈갈하다는 천양지차인데
갈치는 왜 여직 원시의 가계에서 벗어나지 못했을까요?

지금 도마 위에 칼이 있다고 했습니다.
식탁 위에선 김이 모락모락 피어납니다.
혹여 칼을 도마 위에서 내려놓고서
갈치조림을 칼치조림이라 발음한다면
당신의 고향은 달라질까요? 달라지지 않을까요?
배가 고픈데도 대답을 않거나
물먹은 행주처럼 입을 굳게 닫은 사람은
칼집보다 배릿한 사투리에 비웃음을 샀거나
칼날보다 예리한 말에 마음을 다친 사람입니다.

별사別辭를 배후로 하지 않은 언약이 없듯이
상처를 제물로 삼지 않은 요리는 없습니다.
갈치가 일생 동안 바다의 속살을 저미듯
칼은 끊임없이 피의 냄새를 기다립니다.
요리의 세계에서는 언어도 어류의 일종입니다.
누구도 단도직입적으로 말할 순 없지만
칼의 옛말이 '갈'이라는 게 사실이라면
갈치는 왜 아직도 칼치가 되지 못했을까요?

이제 도마 위에 칼을 닮은 물고기는 없습니다.

아니, 없습니다. 칼을 닮은 물고기는
그렇다면 지금 칼과 말로 요리한 이 물고기의 정체는
刀魚일까요? 倒語일까요?

길 위의 연필

목발 짚은 사내가 눈길을 내려간다
휘우뚱휘우뚱 제 그림자를 끌면서
스쳐간 자리마다 두 개의 다른 발자국
하나의 발자국을 따라간 또 하나의 점과 점들

가파른 눈길 위에 눌러쓴 저 무수한 말줄임표가
한 생의 반쪽을 의탁한 사내의 일기임을
아니, 세속의 경전을 집어던진 묵언수행임을
선림사禪林寺 오르는 길에 나는 보네

눈이 눈 위로 지는 산모퉁이를 돌아
꽃이 꽃 위로 지는 동백숲이 나올 때까지
사내는 여전히 발자국에 발자국을 더할 것이다

그의 왼쪽 겨드랑이에 낀 커다란 연필이
숲그늘 종이 위에 점묘화를 그리는 동안
동백은 또 얼마나 붉은 물감을 풀고 있을 것인가

푸른 무엇이 지나갔다

눈물 많던 날들이었다. 푸른 무엇이 지나갔다. 혹자는 날
개 달린 이무기라 했고 혹자는 다리가 셋인 까마귀라 했다.
비쩍 마른 두루미 떼가 청솔가지에 내려앉던 날들이었다.
벌거숭이 송아지가 앞개울의 풍경을 끌고 사라지곤 했다.
눈으로는 볼 수 없었고 귀로는 들을 수 없었다. 입속에서는
주뺏주뺏 송곳니가 돋고 있었다. 푸른 무엇이 지나갔다. 아
무도 아는 이가 없었다. 한 가닥 미로마저 박달나무 수풀에
숨어버린 골짜기였다. 혹자는 달개비 꽃을 태운 연기라 했
고 혹자는 날개 다친 파랑새의 영혼이라 했다. 누군가는 알
법도 하였다. 갈 길 잃은 털구름은 늘 노을 속을 떠돌고 있
었다. 저문 강이 비틀거리며 멀어지는 날들이 많았다. 푸른
무엇이 지나갔다. 밤이 오면 흰 달빛 아래 죄짓는 사람들이
늘어갔다. 누대 이래 흰 옷만 입은 사람들은 속곳까지 봄이
와도 붉은 색을 멀리했다. 붉은 꽃은 피자마자 총소리에 놀
라 고꾸라지기도 했다. 어둠속에서는 검둥개들이 흰 새끼
들을 낳았다. 무채색의 날들이었다. 하늘은 더 이상 하늘색
을 칠하지 않았다. 푸른 무엇이 지나갔다. 혹자는 내가 잠
든 사이 내 등을 밟으며 갔다고 하고 혹자는 내가 꿈을 꾸는
사이 가슴을 뚫고 통과했다고도 하였다. 청천벽력과도 같
았다. 어둠을 뱉어낸 산골짝마다 푸른 이내가 피어오르고

산허리 쪽 내민 머리엔 어느덧 새치가 돋고 있었다. 그러나 나는 푸른 무엇이 무엇이며 그 무엇이 무엇이든 간에 왜 나를 깨우지 않고 지나갔는지. 지나간 것들은 왜 한 세월쯤 지나 마른 눈물 자위에 젖은 허공을 들여다 놓는지. 하염없이 하염없이 묻고 싶은 것이다.

우기雨期의 말문

잠시 눈을 감았을 뿐인데 책상이 사라졌다
잠시 입을 여몄을 뿐인데 의자가 사라졌다
앉을 곳도 없는 진창의 거리에서
사라진 책가방을 찾고 있었다
책가방 속에는 책이 있고 책 속에는
책 밖의 언어들 줄줄이 갇혀 있는데
나 잠시 음과 훈을 잃은 문자들 사이에서
불립不立으로 누워 있었다
그래, 잠시 누웠을 뿐인데 팔다리는 각을 잃고
잠시 등을 기댔을 뿐인데 문장들은 행을 놓치고
당신은, 내 사타구니쯤에서
사투리로 기운 발뒤꿈치를 보다가
야삼경 청둥오리 떼마냥 말줄임표로 떠나갔다
단지 눈을 감았을 뿐인데
단지 당신을 마중하러 길을 나섰을 뿐인데
당신은 간데없고
풀잠자리도 개고마리도 독경 소리도 끊긴
뜰 앞의 잣나무,
그 잣나무마저 사라진 말씀의 절 마당에
나 웅크린 쉼표로 누워 있었다

와당탕, 천둥소리에 놀라 잠 깨어난 오후
불현듯 당신의 등 뒤에서 말 터뜨리던 작달비

벼랑 위의 낮달

제비가 집을 짓는다
변산반도 민박집 처마 아래
제비가 집을 짓는다
'서해민박'이라 쓰인 견고딕체 간판 위에
제비가 집을 짓는다
'서' 자도 아니고 '해' 자도 아닌
'민' 자 건너 머무를 '박泊' 자 위에
제비가 곰비임비 방점을 찍는다
초여름의 땡볕이 등줄기에 쏟아지는 오후
갯바람도 개 혓바닥처럼 헉헉대는 산기슭
제비는 제 침을 퉤퉤 뱉어 뭉친 흙으로
잠시 머물 토담집을 짓는다
난생처음 지어보는 집
한철 쓰면 비워줘야 할 벼랑 위의 집
한 번 떠난 여자는 다시 돌아오지 않고
간밤 파도와 강소주 퍼대다 일어난 민박집
제비가 온종일 낮달을 찍어 나른다
허공에서 완성되어가는 저 반달 같은 집 한 채
아니, 반쪽짜리 내 방 한 칸

시간의 그늘

초사흘 달빛과 초나흘 달빛의 차이
열여드레 별빛과 열아흐레 별빛의 차이
달 내돋은 자리와 별 비낀 자리,
그 하루만큼의 변이
혹은 달빛과 별빛, 빛깔과 색깔,
그 한 낱내만큼의 간극
그 간극에 담겨 있는 티끌만큼의 순간
순간은 시간이 되고 시간은 빛이 되고
빛은 또 색이라는 무량수불 같은 묘법
하여 색은 공이요 공은 다시 한 줌의 빈 그늘
끝내는 비울 것도 없고 지울 것도 없는
저 시공의 눈자위는 얼마나 깊은 것이냐
누천 밤의 달빛으로 허공을 이고 서 있는
청평사淸平寺 앞마당 잣나무 일주문 아래
시간은 잎바늘 사이만큼 촘촘하게
슬픔의 그늘을 늘려가고 있다

곡두

모자이크 처리된 남자의 등 뒤로
어린아이가 울고 있다.
검은 양복에 흰 와이셔츠를 받쳐 입은
두 손으로 눈물범벅인 얼굴을 가린
아직 생환이란 의미가 무엇인지도 모를
검은 장례차 속 아이의 사진 아래
몇 줄의 기사가 만장처럼 나부끼고 있다.

"오늘 오전 신촌 세브란스병원 장례식장에서 故 조충환
씨, 지혜진 씨, 조지훈 군의 영결식이 가족장으로 열렸다.
이들 가족은 지난 4월 제주도 가족여행을 떠났다가 세월호
침몰사고를 당했으며, 홀로 살아남은 요셉(7) 군이 눈물을
닦고 있다."

모자이크 처리된 상표의 옷을 입은 한 남자가
교차로 한가운데서 울상을 짓고 있다.
붉은 셔츠에 흰 운동화를 신은
두 손으로 커다란 팻말을 치켜든
어쩌면 생환이란 의미를 환생으로 알고 있을지도 모를
얼굴에 개기름이 번득이는 남자의 손끝엔

붉은 매직으로 눌러쓴 외마디 선거 문구가 적혀 있다.

"도와주세요!"

초록나비의 우화

나는 파랑에서 초록으로 넘어가는 중이다. 푸른 바다가 파랑을 치며 초록바다로 넘어가듯이 푸른 싹들이 손살을 치며 초록잎으로 반짝이듯이 나의 배후에는 바다가 있고 초목이 있고 더러는 붉디붉은 꽃들과 누런 달빛이 무채색의 어둠 속에서 색과 색을 발산하는 곳, 누구도 나를 통속적인 색깔 하나로 푸르다 명명하지는 말아다오.

푸른 제복을 으쓱이며 군홧발로 짓밟던 시대는 갔다. 푸른 수의를 걸치고 청춘을 불사르던 날들도 갔다. 푸른 꿈들을 연호하며 폭죽을 쏘아 올리던 밤들도 지나갔다. 그러나 푸른 광기 사라진 초록의 풍경 속에서도 여전히 마른하늘 날벼락 같은 것들은 남아 눈두덩 퍼런 영혼들 지천으로 떠돌고 색깔에 색깔을 덧칠하며 저녁놀 저리 붉나니.

파랑이 아니면 색칠하지 못했던 유년의 하늘빛이여. 나이제 빨강을 빨강이라 뽐내는 진달래 산천을 지나 노랑을 노랑이라 물들인 달빛 계곡을 건너 초록을 초록이라 춤추는 나비의 날갯짓으로 푸른 관념을 뚫고 푸른 시공을 넘어 나비도 아닌 사람으로 사람도 아닌 초록의 이름으로 다시 우화하노니 부디 파랑의 계보에서 나의 이름을 지워다오.

바다의 문장

'ㅡ' 모음 하나뿐인 속초 앞바다가 진종일 시를 쓰고 있네. 수평선 가득 떠도는 비문을 처얼썩철썩 후려치며 온몸으로 시를 쓰고 있네. 달랑 남은 백사장 위에 천 번도 더 썼다 지우는 시, 밀었다 두드렸다 밤새 퇴고를 해도 끝내 한 행을 넘지 못하네. 'ㅡ' 아득도 하다는 듯 'ㅡ' 깊기도 하다는 듯, 달빛은 자꾸 허연 지우개 가루를 뱉어내네. 철퍼덕철퍼덕 앉았다 누웠다 파도는 빈 종이만 구겨 던지네. 생각하매나 태어난 생의 바다도 'ㅡ' 모음 하나였네. 'ㅡ' 모음으로 누워 젖을 빨고 'ㅡ' 모음 하나로 옹알이를 하였네. 모음에 자음을 더하거나 자음에 모음을 더하기까지는 무수한 입술들이 스쳐갔네. 행과 행을 넘어 행간을 짚기까지는 아직도 숱한 눈과 귀를 훔쳐야 하네. 태초의 문장은 모음 하나, 속초 앞바다가 온몸으로 태초의 말씀을 풀고 계시네. 까마득한 수평선 위로 낯익은 자음들이 날아가네.

선

선 속에 선이 있다
만질 수 없는 선 닿을 수 없는 선
노랑 파랑 분홍 주홍
색색의 복면을 벗기면
구릿빛 맨살로 숨어 있는 선
어떤 선은 직선과 곡선이 만나는
지하의 모퉁이에서
어제 발신한 목소리를 구부리고 있다

선 속에 선이 있다
자를 수 없는 선 지울 수 없는 선
자주 보라 연두 초록
한때의 연서들 꽃물로 흘려보냈듯
내밀한 언어를 빛깔로 간직한 선
당신의 길고 긴 그림자가 그러하듯
여전히 구부릴 수 없는 선이 있다

선 속에 선이 있다
끊을 수 없는 선 넘을 수 없는 선
전선 각선 노선 사선

선이란 선 단칼에 잘라내고
선 밖으로 벗어나고 싶은 선
일생을 등처럼 서서히 구부려도
더 이상 뜻대로 구부려지지 않는 선

선 속에 선은 있는가
말을 잃은 선 색을 잃은 선
끝내는 그림자도 그리움도 없는
그러니까 어느 멀고도 가까운 날
생이라는 복면 속에 감추어진
보이지 않는 선
당신도 모르는 외가닥 선

풀 위의 낙서

비 그친 여름이었지
매미 울음 쨍쨍하던 해거름이었지 아마
무슨 엉켜진 마음이라도 있었을까
텅 빈 교실에 혼자 남아
물 적신 분필로 낙서를 해본 기억이 있다
딱히 누구에게 할 말이 있어서만은 아니었으나
수직의 벼랑에 암각화 새기듯
전할 수 없는 마음 새긴 적 있다
몇 번의 속눈썹이 깜빡거린 후였을까
침묵으로 깊어가던 칠판 위에
물기가 마르면서 점점 선명해지던 분필 자국
잠시, 해독할 수 없었던 순간의 흔적들은
어느새 문자가 되고 그림이 되고
애벌레처럼 꿈틀거리는 그리움이 되기도 하였는데

잡풀 우거진 폐교 운동장 위
배추흰나비 한 마리 꿈결인 양 날아간다
솟을 듯 추락할 듯 이리 비뚤 저리 비뚤
가는 길 도시 종잡을 수 없다
머리끝에서 발끝까지 온몸이 하얘지는 동안

나는 또 얼마나 비척이며 가야 하나
천 년은 더 드리울 느티나무 그늘에 앉아
나비의 궤적을 되짚어보니
얽히고설킨 낙서 자국 풀 위에 가득하다
허공에 휘갈긴 저 분필 자국이
제 그리움의 흔적인 줄 알기까지
나비는 몇만 번의 날개를 접었다 펴야 하나

獨居

저 가벼운 구름의 말씀에

밑줄을 그은

구름 밖을 떠도는

새들의 풍문조차 받들고자

바지랑대를 받친

버릴 거 하나 없다는 듯

흘릴 거 하나 없다는 듯

그렇다고 걸린 바람 하나 없는

팔순 노모의 빈 마당에

....

제4부

너의 나무였다

하늘 아래 와지직 찌그러지고 싶을 때가 있다
단 한 번 너에게 몸을 허락하고
무참히 던져져버리고 싶을 때가 있다
물을 담으면 물이 되고 술을 담으면 술이 되고
내 온전히 네 것으로 되는 길은 아득하나
뜨거우면 뜨거운 대로 차가우면 차가운 대로
꼭 한 번 몸을 열어 촉촉해지고 싶은 날이 있다
처음부터 나의 생은
네 목울대 근처를 서성이는 목마른 나무였거나
차마 혀와 입술로 해갈하지 못한
또 다른 고백을 받아 적는 순백의 종이였거니
수천수만의 꿈 잘리고 말리다가
끝내는 마음까지 척, 비어버린 종이컵이 되었다

알아?
단지 네 입술이 몸에 닿는 순간 미련 없이 열반하는 나

그러하니 사랑이란

*

사랑했지만, 이란
노래가 있다
그 뒤의 일이란 뻔하다
세상의 모든 사랑은 미완이다
미완의 노래를 못다 부른 자만이
사랑을 완성했노라고 믿는다
믿음은 가장 완벽한 거짓

*

벌새는 꽃의 안방을 훔치기 위해
허공에 난 열쇠 구멍 앞에서
일 초에 팔십 번쯤 날갯짓을 한다는데
날갯짓을 하면서도 일념의 각도는
정지된 화면처럼 미동조차 없다는데
나는 훔칠 무엇이 그리 많아
몇 날 며칠 바람 속을 휘돌다가는
천길 벼랑 위의 꽃을 엿보는가

*

나비 한 마리 길을 잃고 팔랑인다
나비의 길은 공중의 길
공중의 지도에선 초록이 정지신호이고
붉은색은 질주 신호
비 오는 저녁,
꽃도 필 일 없는 사람의 나라에선
우산도 펼 일 없는 젖은 발자국들이
홍등에 취해 길을 잃기도 한다

*

의자가 비어 있다
의자는 누군가 앉아야 의자답다
오늘은 빈 의자에 꽃을 올려놓고
문밖을 서성이다 돌아선다
하니 그것은 영원을 기억하자는 것
그대가 하늘가로 자리를 옮긴 후
나는 꽃그늘 창가에도 앉을 수가 없다

겨울 부석사

부석사 무량수전 아래 산감나무를 보네
천 길 가지 끝에 매달린 까치밥을 보네
구름과 구름 사이 바람과 바람 사이
붉디붉은 화두 한 점 빈 하늘에 띄워놓고
열반송을 읊고 있는 저 비구승을 보네

감잎 지는 입동 새벽 그는 생각했으리
주야장천 그를 다스린 건
감로보다 단 봄비와 염불보다 긴 땡볕과
풍경소리 찰랑이는 가을 달빛이었으나
그때마다 사부자기 고요를 탁발 나온
새 몇 마리 마음에 두었으리
애잔한 마음자리 몽글몽글 붉어갔으리

내 안의 밑둥치를 지나 적멸의 우듬지로 가는
저 낭창낭창한 가지 위에 나도 서보네
칼바람에 삭발당한 생의 한 덩어리가
까치밥 되어 흔들리네
일순,
절을 비껴 날던 겨울새들이 눈발처럼 달려드네

먼 그대

목덜미 쪽으로도
등줄기 쪽으로도
닿을 수 없는
제2흉추 자리 부근에
그대가 있다

아무리 손을 뻗어도
아무리 팔을 비틀어도
닿지 않는,
그 자리가 시려올 때마다
나는 벽에 기대어 선다

내 심장의 뒤쪽

하늘바다

싱싱한 오징어가 한 마리에 천 원, 열 마리에 만 원,
하는 소리를 누워 듣다가
죽은 오징어가 싱싱하면 얼마나 싱싱할까를 생각하다가
열 마리를 묶어 팔면서 한 푼도 안 깎아주는
장사꾼의 인색함을 가늠하다가

문득 한 마리 두 마리 하는 '마리'라는 말이
한때는 '머리'와 같은 뜻이었다는 책 속의 글을 떠올리
다가
머리가 머리이지 못하고 마리가 되어버린
오징어의 비애를 헤아리다가
저 망망한 바다에서 머리를 곧추 내밀고 질주하는
수많은 물고기들을 그려보다가

그러니까 머리와 마리,
선 하나를 경계로 둔 점 하나의 향배에서
머리는 머리를 잘 다스려 끝까지 머리로 살아남고
마리는 저도 모르는 사이 대가리란 놈을 앞에 매단 채
제 몸뚱이나 세는 마리로 밀려난 셈인데

이를테면 물에서 살다 뭍에서 팔리는 저 오징어처럼
나도 언젠가는 머리가 꼬리가 되고 꼬리가 머리가 되어
한 세상에서 또 한 세상으로 건너갈 수 있다는 것인데
하여 어느 먼 하늘바다, 눈먼 어부의 그물에 걸려
누군가의 식탁 위에 오를 수도 있다는 것인데

그렇다면, 싱싱하지도 않은 이 살덩어리
천 원어치도 안 될 이 뼈다귀를
누가 팔아줄 것인가
누가,
막막한 우주의 길모퉁이에서 나를 사 잡수실 것인가

검은 밥그릇

늙은 거지가 길가에 쭈그리고 앉아 갈퀴질을 하고 있네
늙은 거지가 검은 비닐봉지를 끌며
길가의 화단을 손으로 박박 긁고 있네
늙은 거지의 손에서 담배꽁초가 딸려 나오고
껌 종이가 딸려 나오고
썩은 나무이파리가 딸려 나오네

늙은 거지는 왜,
땅강아지도 쳐다보지 않을 쓰레기들을 마냥 긁어모으는
걸까

늙은 거지는 비닐봉지 가득 쓰레기들을 채우고 버릇처
럼 꼭꼭 묶네
늙은 거지의 벙거지 아래 삐져나온 머리카락도 꼭꼭 묶
여 있네

아무리 쓸어 담아도 밥이 될 수 없는 지천의 햇살들
날이 기울어 그림자마저 벗고 끼니마저 벗어버린 실성
의 순간에도
늙은 거지의 허기만은 한술의 허비도 없이 정신 속으로

흘러들어 갔으리

　늙은 거지의 허기로 가득 찬 검은 몸뚱이가 어둠에 끌려
가네
　늙은 거지를 꼭꼭 묶은 도시의 어둠이 먹이를 박박 끌
고 가네

모니터는 알고 있다

허 씨는 公務員이다. 나는 그를 空務員이라 부른다. 그는 일 년 내내 한자리에 앉아 모니터만 바라보고 있다. 대통령이 세 번 바뀔 때에도 구청장이 네 번 바뀔 때에도 모니터만 바라보며 살아왔다. 그의 임무는 강물의 수위를 주시하는 일, 비가 오나 눈이 오나 팔짱 끼고 앉아 술잔도 몰래 주시하는 일, 나는 그것도 국록을 먹는 일이냐고 핀잔을 주지만 믿을 만한 소식통에 의하면 만약 그가 그렇게라도 놀고먹지 않으면 강물이 도둑처럼 둑을 넘는다고 한다.

강 씨는 경찰이다. 모니터 밖 사람들은 그를 강자에게는 약하고 약자에게는 강한 견찰이라고 놀려대지만 나는 개 犬자 대신 놀랄 驚자를 붙여주고 싶다. 요즘 세상에 도둑이 제 발 저리지 않고서야 경찰 보고 놀랄 사람은 없겠지만 실업자가 거리를 점령하고 고학력자가 도둑고양이보다 많은 나라에서 개나 소나 경찰 되는 건 아니다. 그러니 일류 경찰을 견찰이라 부르는 것은 검찰을 떡찰이라 부르고 檢事와 劍士를 착각하는 것만큼이나 우매하고 세상 물정 모르는 일이다.

박 씨는 국회의원이다. 삼 대째 고향에 주소지만 모셔놓고 산다. 물론 몸도 가끔은 고향에 내려보내신다. 몸 중에서 제일 바쁜 곳은 언제나 손이시다. 악수로 다져진 손바닥은 미소로 가무린 눈빛처럼 한없이 부드럽고 따뜻하지만 정작 그 손이 가장 긴요하게 쓰이는 곳은 모니터에도 잡히지 않는 밀실에서 돈다발을 움켜쥐거나 도둑처럼 행사하는 거수기 노릇이다. 시청 앞 행사에서 누군가 그랬다. 그 부끄러운 議員은 동네 醫院에나 보내라!

조 씨는 연예인이다. 演藝에 살고 戀愛에 죽는다. 그에게 연예란 엎어지고 뒤집어지는 재능이라면 연애는 상대를 잘 넘어뜨리는 재주, 이 방송 저 방송 옮겨가며 시시덕거리기만 해도 시청률은 올라가고 출연료는 따따블로 나오지만 모니터 속 주인공처럼 애인을 너무 자주 바꾼다는 소문에 사람들은 저 도둑놈 저 도둑놈, 하며 삿대질을 해댄다. 고로 나는 생각하건대 연예인이 연애를 하려면 밀실에서 손바닥 놀리듯 몰래 해야 한다.

임 씨는 전업주부다. 허구한 날 소파에 앉아 모니터만 바라보고 산다. 드라마 속 남녀가 침대에서 선을 넘을 때도 드라마 밖 도둑이 정원의 담을 넘을 때도 모니터만 바라보다가 패물을 몽땅 털린 적도 있다. 술주정뱅이인 남편이 경찰에 신고해서 온 동네가 발칵 뒤집혔을 때에도 그녀는 모니터만 바라보고 있었다. 검찰에 송치된 도둑이 구치소로 끌려가는 모습도 모니터를 통해 알았다고 한다. 그러므로 나는 또 세상의 수위처럼 앉아 생각하거니 강물의 수위와 도둑의 수위는 어떻게 다른가.

浮名

새 한 마리 날아간다
이름을 알 수 없는 새
이름을 벗어버린 새
원래부터 이름 없던 새

새 한 마리 날아간 자리 나뭇잎이 흔들린다
이름을 알 수 없는 나무
이름을 털어버린 나무
원래부터 이름 없던 나무

나뭇가지 사이로 구름이 흩어진다
이름을 알 수 없는 구름
이름을 지워버린 구름
원래부터 이름 없던 구름

일생 동안 부르던 이름 누가 다 지었나

망우리 공원묘지
이름만 벗어놓고
이름 너머로 들어간 사람들
죽어서도 죽지 못한 전생의 문패들

일곱 시간의 노래

자정에서 아침 7시까지
정오에서 저녁 7시까지
혹은 12시를 사이에 둔 시침이
좌현에서 우현으로 210도를 돌 때까지
밤이라면 노곤한 잠들이 다녀갔을
낮이라면 고단한 일들이 밀려갔을
길고도 짧은 아니, 짧고도 긴

당신이 멀리 떠나간 동안
우리는 물의 노래를 들으며
잠속에 빠져들었지
빠져들다 빠져들다 놀라 깨었지
일곱 시간을 기다려도 노래는 끝나지 않고
일곱 시간을 기다려도 연주는 멈추지 않고
끝내는 음률도 음역도 알 수 없는 시간

우리의 눈앞에 물그림자가 어려오고
우리의 귓가에 파도 소리가 스며들고
우리의 콧속으로 시퍼런 물비린내가 밀려와도
바다의 노래는 멈추지 않았지

초침은 죽음 너머까지 박자를 맞추었지

아무도 우리의 귀를 막을 수는 없을 거야

밤이라면 북두성이 지고도 남을 시간
낮이라면 하루해를 사르고도 남을 시간
당신이 멀리 떠나간 동안
바다엔 봄이 가고 있었지
뭍에는 여름 가고 가을이 가고 있었지

왼쪽 엄지손가락에서 오른쪽 새끼손가락까지
오른쪽 엄지발가락에서 왼쪽 새끼발가락까지
노래에 물크러져 물이 된 우리
출렁이는 뱃머리를 12시 방향에 맞춰놓고
좌현에서 우현으로 우현에서 다시 좌현으로
돌고 돌아도 다시는 들을 수 없는 노래

당신이 멀리 떠나간 동안
우리는 그렇게 시간을 잃어버렸지
우리는 그렇게 시계視界를 알 수 없는 물이 되었지

울음의 난해성

한낮의 그늘 속에서 매미가 운다. 매미는
제 몸보다 큰 울음보를 투명한 날개 밑에 둔 까닭에
일생동안 울음을 감추지 못한다.
몸 밖으로 나온 울음들은
천지사방 그늘을 퍼뜨리고
그늘이 닿는 곳마다 무가내하로 무너지는 고요
고요의 끝자락엔 그늘보다 먼저
슬픔이 드리워져 있음을
매미는 알지 못한다.

한낮의 땡볕 아래서 나무가 흔들린다. 나무는
제 이파리보다 큰 그늘을 무거운 둥치 아래 가둔 까닭에
한 발자국도 걸음을 떼놓지 못한다.
뿌리로부터 전해오는 미동들은
나이테 깊숙이 속울음으로 저장되고
속울음이 터질 때마다 그늘을 당기며 일어서는 바람
그러나 바람의 나부낌이 뿌리의 속울음이라는 것을
나무는 알지 못한다.

한낮의 나무 아래로 사람들이 서성인다. 사람들은

나무보다 짙은 그늘을 두터운 가슴속에 둔 까닭에
한평생 속울음마저 삼켜야 한다.
속으로 속으로만 쌓여진 울음들은
마음속 지평에 그늘을 이루고
그늘의 깊이만큼 깊어진 슬픔으로
해가 지고 밤이 온다는 것을
울음을 잃어버린 사람들은 알지 못한다.

흰소리*

꽃이 피었네
벚꽃이 피었네

저 꽃, 무에 저리 할 말 많아
게거품 잔뜩 뿜고 있네

깜깜한 땅속의 말
밀봉된 시간의 말
벌만이 응대하며 받아주네

그러나 저 많은 꽃의 말
아무도 들을 수 없네

구름 턱까지 파다한
꽃들의 흰소리조차
다만 고요하고 고요할 뿐이네

* 터무니없이 거들먹거리거나 허풍을 치는 말.

명중

빗방울이 툭,
정수리에 떨어진다
가던 길 멈추고 하늘 쳐다본다

누구인가
저 까마득한 공중에서
단 한 방울로 나를 명중시킨 이는

하기야
이 많고 많은 사람 중에
단 한 번의 눈빛으로
나의 심장을 관통해버린
그대도 있다

떠돌이들의 기준

첫째 항성 주위를 끊임없이 공전할 것
둘째 충분한 질량과 중력으로 공 모양의 형태를 유지할 것
셋째 공전 궤도에서 가장 지배적일 것

첫째 여성 주위를 끊임없이 공전할 것
둘째 충분한 물량과 완력으로 창 모양의 형태를 유지할 것
셋째 도전의 궤도에서 가장 지배적일 것

첫째 남성 주위를 끊임없이 벗어나려고 할 것
둘째 충분한 아량과 매력으로 하트 모양의 형태를 유지
할 것
셋째 응전의 궤도에서 가장 지배적일 것

첫째 대상의 주위를 끊임없이 배회할 것
둘째 충분한 주량과 체력으로 사람 모양의 형태를 유지
할 것
셋째 딴전의 궤도에서 가장 지배적일 것

나는 별도 아니고 사람도 아니면서
무한대공을 떠도는 당신을 생각한다

첫째도 없고 둘째도 없는

시작도 없고 끝도 없는

그리하여 형태도 없고 흔적도 없는

내 마음을 벗어난 궤도 밖에서

나를 지배하지 않으므로 나를 지배하는 당신을 생각한다

작별

한 마리의 개가 중환자실로 들어선다
주인과 작별인사를 하기 위하여

마이크는 사람
러스티는 개

말기 암에 걸린 사내가 개의 뺨을 어루만진다
개는 두 발을 모으고 혀를 할딱거린다

뼈다귀가 다 된 사내와 살이 오른 개

개가 다시 사내의 손을 핥는다
사내의 입가에 마지막 미소가 번진다

러스티는 개
마이크는 사람

서로의 빈자리를 걱정하며 눈인사를 마친다
두 개의 심장박동이 더욱 가빠진다

● 2013년 12월 미국 보스턴 매사추세츠 종합병원에서 실제 있었던 일.

기원과 타자 탐구의 시적 진정성
—이용헌의 시세계

유성호(문학평론가, 한양대 국문과 교수)

1. '시적인 것'의 새로움을 생성해가는 시인

오랫동안 서정시는 '언어'라는 불완전한 매개를 넘어서 어떤 근원적인 상태를 욕망해왔다. 언어의 이러저러한 한계 때문에 가장 근원적인 감동과 깨달음은 '언어 너머'에 존재한다는 믿음이 그 욕망을 떠받쳐왔다고 할 수 있다. 그래서 한편에서는 언어 형식을 띠지 않거나 가장 응축된 언어적 진리 추구 방식이 추구되어왔던 것이다. '언어예술'로서의 운명을 걸머진 서정시는, 언어에 대한 이러한 이중적 욕망을 표상해온 역사를 가지고 있다. 말하자면 서정시는 언어의 의미론적 충격을 통해 감동과 깨달음을 주기도 하였고, 의미와는 전혀 다른 차원의 '소리'나 '형상'에 천착하기도 하였다. 가령 "시 삼백 편을 한마디로 말하면 생각에

117

사邪가 없는 것"(공자)이라는 말씀은 서정시의 의미론적 욕망을 드러낸 것이고, "모든 예술은 음악의 상태를 동경한다."(페이터)라는 언급은 서정시의 탈脫의미론적 지향을 암시한 것이다. 그만큼 서정시는 의미 지향과 탈脫의미 지향이 균형을 이루면서 '시적인 것'을 이루어온 역사적 실체라고 말할 수 있을 것이다.

물론 이때 '시적인 것'은 뜻과 소리의 조화로운 어울림에서 생겨난다. '뜻'으로 무게중심을 할애했을 때 그것은 전언傳言을 내면화하는 과정을 확장해가고, '소리'로 눈길을 돌렸을 때 그것은 시적 형식 자체를 배타적인 존재 근거로 삼아가게 된다. 그래서 시인들은 막연한 반시적反詩的 해체 지향보다는, 뜻과 소리의 조화로운 어울림을 통해 내면의 섬세한 파동을 그려내게 되고, '시적인 것'을 통해 삶의 근원적 형식을 탐색하는 열정을 보여주게 된다. 물론 이러한 경향이 서정시의 탈脫사회성을 부추긴다든가, 목소리의 선을 가늘게 만들어버린다든가, 내면의 절대화를 가져온다든가 하는 비판적 지적들은 충실하게 수용되어야 한다. 그럼에도 불구하고 우리는 이러한 경향이 '시적인 것'을 다양하게 확산하는 기능을 하고 있음을 부인하지 못한다. 결국 '언어'를 통해, '언어 너머'의 진실에 닿으려는 역설적 욕망이 서정시가 그리는 동선動線이 되는 것이니까 말이다.

이용헌 시인의 첫 시집 『점자로 기록한 천문서』(천년의시작, 2016)는, 이러한 서정시의 원리를 경험적 격정과 상상적 미감으로 결속한 절절한 고백록이라고 할 수 있다. 그의 언

어는 대체로 구체적 사물과 시간에 대한 감각적 현존을 한
껏 욕망하면서 자신의 지난날을 회상한 결실로 얻어진 것
이다. 지나온 시간을 순간적으로 포착하여 그것을 존재의
오랜 원리로 환치하는 시작법이 여기서 생성되어간다. 이
는 현실에서 벗어나 '시적 시간'으로 귀환하려는 의지가 반
영된 것이기도 한데, 외따로 떨어진 사물과 시간 사이에 연
쇄적 연관의 파동이 나타나는 것도 이렇게 그가 그려낸 '시
적 시간' 때문일 것이다. 그만큼 이용헌은 오래된 기억을 순
간적으로 재현하면서, 동시에 '시적인 것'의 새로움을 그 안
에서 생성해가는 시인이다. 이제 그 세계 안으로 한 걸음씩
천천히 들어가보자.

2. '슬픔'과 '사랑'의 시학

먼저 이용헌 시편은 형이상학적 전제에서 출발하는 윤리
적 구심들을 현저하게 비껴가고 있다. 그 대신 그는 삶의 구
체적 감각과 율동을 장악하고 표현하는 데 매진한다. 자신
의 언어 안에 선명한 물질적 상상력을 개입시킴으로써 가장
구체적인 감각적 우화寓話에 근접해간다. 예컨대 그는 오랜
시간 자신의 육체에 각인해왔던 흔적을 선명하게 드러내는
데, 이는 사유의 추상보다는 감각의 구체를 향해 다가서려
는 의지의 표명이 아닐 수 없다. 그리고 이는 경험적 실감과
상상적 미감을 결속하여 세계 개진의 욕망을 외화外化하려
는 구체적 의지이기도 하다. 결국 이용헌 시편은 사물의 깊

디깊은 곳에서 출렁이는 물질성을 구체적 감각으로 잡아, 그것을 사물의 존재 방식으로 치환해가는 열정에서 발원하고 완성되어 간다.

아닌 게 아니라 이용헌이 "끝내는/ 다 사라질 것이다// 하늘엔/ 별빛만 반짝거릴 것이다// 이 얼마나/ 다행스러운 적멸인가"(「시인의 말」)라고 말했을 때, 그것은 '사라짐/반짝거림'과 '다행/적멸'이라는 역설逆說의 결합을 통해 존재론적 한계를 고백하려는 모습을 취하고 있다. 이러한 한계를 뛰어넘는 원초적 힘을 그는 '슬픔'과 '사랑'이라고 노래한다. 물론 그의 시편에 착색된 '슬픔'은 지나친 감상感傷을 결코 동반하지 않는다. 오히려 그것은 찬찬하고 관조적인 성찰적 성격을 띠고 있어서, 우리는 그것을 인간 존재를 향한 시인의 가없는 '사랑'의 반영으로 읽게 된다. 따라서 그 '슬픔'은 극복해야 할 부정적 정서가 아니라 인간의 보편적 존재 조건으로 천천히 다가온다. 그리고 '사랑'은 인간과 인간 사이에 개입하는 친화적 정서나 행위를 총체적으로 표상한다. 시인은 시집 안쪽에서 "너의 모든 상처는 나의 아픔이 되는/ 아련하고 아스라한 사랑 같은 것"(「그러니까 거기」)을 노래하고, 나아가 "심장의 뒤쪽"(「먼 그대」)에서 멀게 퍼져가는 '사랑'을 집중적으로 포착하고 표현한다. 비록 자신이 "온전히 네 것으로 되는 길은 아득"(「너의 나무였다」)하지만 "단 한 번의 눈빛으로/ 나의 심장을 관통해버린/ 그대"(「명중」)를 정성스레 찾아가는 것이다. 물론 "별사別辭를 배후로 하지 않은 언약이 없듯"(「갈치 레시피」)이, 그 '사랑'의 끝은 언제나 '슬픔'을 향한 것이 아니었던가. 그렇게 '슬픔'과 '사랑'의 반짝임과 사라짐이 교차하는 다음 시편을 읽어보자.

은가락지를 입에 문 검은 새가 천공으로 날아간다

얼마나 날고 날았을까

슬픔의 무게로 기울어진 오른쪽은 닳아 없어지고

고독의 순도로 담금질한 왼쪽은 희미하게 남아 있다

은가락지를 떨어뜨린 검은 새가 어둠 속으로 사라진다

영겁을 물고 왔다 영겁을 놓고 가는 우주의 틈서리에서

소리를 잃은 말들이 침묵으로 반짝인다

한순간 나를 잃고 몸 밖을 떠돌던 내가

언약도 없이 당신을 맞는다

당신의 가는 손마디가 동그랗게 비어 있다

—「그믐」 전문

'그믐'이라는 시간은 '사라짐/적멸'의 전조前兆를 보이는 때이다. 시인은 이때 '검은 새'의 두 형상을 대비시키고 있다. 한쪽 새는 은가락지를 입에 물고 하늘로 날아가면서 '슬픔'의 무게와 '고독'의 순도로 닳아가기도 하고 희미하게 남기도 한다. 반면 다른 한쪽 새는 은가락지를 떨어뜨린 채 어둠 속으로 사라져간다. 그 사라짐 뒤로 "소리를 잃은 말들이 침묵으로" 반짝인다. 사라짐으로써 비로소 반짝이는 '침묵'의 순간, "나를 잃고 몸 밖을 떠돌던" 시인은 언약도 없이 '당신'을 맞는다. 그리고는 은가락지가 끼워져 있어야 할 '당신'의 손마디가 동그랗게 비어 있음을 알게 된다. 이처럼 아득하게 "형태도 없고 흔적도 없는/ 내 마음을 벗어난 궤도 밖에서/ 나를 지배하지 않으므로 나를 지배하는 당신"(「떠돌이들의 기준」)이 등장한 것이다. 그렇게 그믐밤은 깊어가고 시인은 반짝이는 별의 기억을 통해 사랑하는 대상을 맞는 순간을 불가항력적으로 기록해간다. 결국 '슬픔'과 '사랑'의 확연한 결속을 통해 삶의 존재 방식을 그려낸 이 시편은 "날개를 잃은 새는 하늘을 날 수 없어도/ 몸뚱이를 잃은 사람은 하늘을 날 수 있는 법"이고, "별빛 푸른 그곳에서도 나무들은 자랄 테고/ 뿌리에서 둥치를 거쳐 우듬지에 이르기까지/ 나무엔 한 사내의 비밀이 손금처럼 환히 요약되어 있을 것"이라는 전언을 품은 「비밀의 문」이라는 작품을 뚜렷하게 환기시키면서 시인의 '사랑'을 뚜렷하게 각인해간다. 새들이 남긴 잔상殘像과 하늘이 펼쳐내는 광활함이 이어져 있는 다음 표제 시편도 한 번 읽어보자.

푸르디푸른 종이는 구겨지지 않는다

구겨지지 않으면 종이가 아니다

구겨지지도 않고 접혀지지도 않는 것이

하늘에 펼쳐져 있다

새들은 시간을 가로질러 나는 법을 모른다

아무도 새들에게 천문을 가르치지 않는다

아는 것이 없으므로 나는 것도 자유롭다

읽을 수 없는 서책이 하늘에 가득하다

종이도 아닌 것이 필묵도 아닌 것이

사계를 편찬하고 우주를 기록한다

누가 하늘 끝에 별들을 식자植字해놓았나

최고의 천문서는 점자로 기록되었을 것이다

가장 멀고 깊은 것은 마음 밖에 있는 것

나는 어둠을 더듬어 당신을 읽는다

당신의 푸르디푸른 눈빛을 뚫어야만

구김살 없는 죽음에 도달하리라

이 무람한 천기를 아는 듯 모르는 듯

새들은 밤에도 점자를 남기며 날아간다

　　　　　　—「점자點字로 기록한 천문서」 전문

　여기서도 하늘을 날아가는 새들이 등장한다. 시인은 구
겨지지 않는 "푸르디푸른 종이"에 하늘의 움직임을 기록해
간다. 그렇게 "구겨지지도 않고 접혀지지도 않는 것"이 하
늘에 펼쳐져 있다. 그러나 정작 새들은 천문天文을 배우지

못해 시간을 가로질러 날아가는 법을 알지 못한다. 하지만 그래서 그들은 더욱 자유로운데, 그것은 "읽을 수 없는 서책이 하늘에 가득"하기 때문이다. 그렇게 시인은 '종이/필묵'을 넘어선 것들이 '사계/우주'를 편찬하고 기록하는 것이라고 강조한다. 나아가 시인은 누군가 하늘 끝에 별들을 식자해놓았듯이, "최고의 천문서"는 점자點字로 기록되었을 것이라고 상상한다. 왜냐하면 "가장 멀고 깊은 것은 마음 밖에 있는 것"이고, 새들도 밤에 점자를 남기며 날아가기 때문이다. 그렇듯 시인은 어둠을 더듬어 '당신'을 읽고, '당신'의 눈빛을 지나서 죽음에 도달할 것이다. 그것을 시인은 "무람한 천기"라고 명명한다. 이처럼 '점자로 기록한 천문서'는 그 자체로 '당신'을 만나고 꿰뚫는 천기天氣를 담고 있으면서, 어둠을 더듬듯이 '당신'을 향해 부단히도 다가가야만 하는 시인 자신의 실존적 상황을 잘 보여준다. 그야말로 "심장박동이 더욱 가빠진"(『작별』) 시간을 품으면서 "세상의 모든 사랑은 미완"이지만 "그것은 영원을 기억하자는 것"(『그러하니 사랑이란』)이라는 신념 아래 '당신'을 향한 열렬하고도 불가피한 사랑의 시학을 구현하는 것이 이용헌의 본령임을 알려준다. 그렇게 이용헌에게 '사랑'이란 "아직도 비가 되지 못한 슬픔들이 먹장구름으로"(『비 그친 오후』) 떠도는 풍경 속에서 발원하여, "끝내는 그림자도 그리움도 없는"(『선』) 당신을 향한 지난한 외길이라고 말할 수 있을 것이다.

생각해보면 '시'가 할 수 있는 일은 시간이라는 괴물에 맞서는 일일 것이다. 그러나 시간만이 모든 인간의 욕망에 평

등을 부여한다는 점에서, 시간은 인간의 삶과 죽음을 증언하고 규정하는 가장 직접적이고 물리적인 삶의 형식일 것이다. 그래서인지 이용헌 시편에 나타난 서정의 내질內質은, 오랜 시간 경험과 그것을 해석하고 판단하는 내면의 파동으로 이어진다. 그리고 그 파동이 '슬픔'과 '사랑'의 반작임과 사라짐을 전한다. 그래서 그의 시편은 실재와 상상 사이의 긴장 속에서 착상되어, 이성의 통제에 의해 파악되는 현실이나 감정 과잉에 의해 감싸인 몽상에서 멀어져가면서, 어느새 '슬픔'과 '사랑'을 한 몸으로 통합해낸다. 그렇게 그의 시편은 우리의 복잡다단한 '슬픔'과 '사랑'의 문맥을 순간적으로 결속하면서 현실과 꿈의 접점을 풍요롭게 언표한다. 그만큼 이용헌은 '그믐'을 뚫고 가면서, '점자'를 더듬어가면서, 애틋하고도 멀기만 한 '당신'을 호명하는 시인이다.

3. 존재론적 기원에 대한 '기억의 현상학'

우리가 잘 알고 있듯이, 서정시는 '시간'에 대한 경험과 기억의 재구성이라는 양식적 특성을 지닌 언어예술이다. 그만큼 서정시는 다양한 기억의 심층을 다루게 되고, 우리는 서정시가 수행하는 기억의 원리를 따라 삶의 근원에 대한 상상적 경험을 치르게 된다. 그 점에서 이용헌 시편은 고백과 관조를 주조로 하는 언어를 통해 기억의 원리를 수행해나가는 서정시의 특성을 지니고 있다고 할 수 있다. 그래서 그가 발견해내는 삶의 원리 안에는 철저하게 사적인 기억이 담겨있으면서도, 한 시대의 공적 기억으로 승화되는 과정이 두텁게 포개져 있다.

　　유년의 양철지붕이 너붓거리고 있었다. 이발소 삼색등이 허공에 나사를 조이고 있었다. 흰 가운을 걸친 구름이 김칫국물 같은 노을을 닦으며 지나갔다. 산발한 나무들은 가으내 까칠해진 머리들을 자르기 위해 낮 동안 품었던 새 떼를 강가로 날려 보냈다. 새 내려앉은 자리마다 사각사각 가위질하는 소리가 들렸다. 웃자란 억새들이 파르르 모가지를 흔들었다. 바리캉 지나간 들판에는 마른버짐처럼 폐비닐이 나풀대고 누대에 걸쳐 소를 몰고 돌아가던 둑길엔 어린아이의 그림자조차 보이지 않았다. 흔적을 남기지 않는 것은 그 마을의 오랜 내력, 장성한 사내들은 하나둘 둑길을 서성이다 지워졌다. 몇몇 남은 촌로만이 툇마루에 쪼그린 채 콩을 고르거나 사라진 굴뚝 대신 담배 연기를 내뿜었다. 떠나는 것들은 사람만이 아니었다. 더러는 강가의 나무들도 뿌리째 실려 나갔다. 떠나가는 것보다 힘든 일은 혼자 남아 누군가를 배웅하는 일, 맨발의 어머니가 먼저 간 형을 묻고 주저앉던, 지금은 무덤 속 아버지가 이발을 기다리는 그 마을, 거기 유년의 양철지붕은 없었다. 스러진 삼색등이 이승과 저승 사이에 나사를 조이던 벌초길.
　　　　　　　　　　　　　—「양철지붕 이발소가 있던 자리」 전문

　이 작품이 구성하는 시공간은 유년 시절에 바라보았던 '양철지붕 이발소'이고, '시'가 생성되는 것은 바로 그 '자리'이다. 원래 '자리'란 물리적 실재가 아니라, 사후적事後的 잔상에 가까운 것이다. 그러니 자연스럽게 시인의 발화는 철저하게 기억의 맥락 속에서만 가능해진다. 말하자면 "유년의 양철지붕"이 너붓거리고 '삼색등'이나 '흰 가운', '가위질', '바리캉' 등 당시 이발소를 구성하는 확연한 이미지들이 떠오른 것은 모두 기억의 작용 때문이다. 이때 시인이 수행하는 감각적 묘사는 눈여겨 기록해둘 만하다. 가령 "흰 가운을 걸친 구름이 김칫국물 같은 노을을 닦으며" 지나가는 풍경에는 당시 이발사와 가난의 풍경이 도사리고 있고, "산발한 나무들"이 "까칠해진 머리"를 자르기 위해 새 떼를 강가로 날려 보내는 풍경이나 새 떼들이 내려앉은 자리마다 가위질하는 소리가 들리는 착청(錯聽, auditory illusion) 현상에는, 마른버짐처럼 폐비닐이 나풀대고 둑길엔 어린아이의 그림자조차 보이지 않는 폐허의 분위기가 교묘하게 겹쳐진다. 특별히 소리에 대한 예민한 시인의 감각은 "고요하면 귀가 커진"(「메이데이」)다는 자신의 말을 그대로 입증해준다.

그렇다면 시인이 노리는 것은 아련한 향수鄕愁일까? 그런 것 같지는 않다. 다만 이용헌 시인은 "흔적을 남기지 않는 것은 그 마을의 오랜 내력"임을 강조하면서, 동네 사내들이나 강가의 나무들조차 떠나고 촌로들만 남은 그곳 풍경을 메마르게 재현할 뿐이다. 더구나 떠나는 것보다 혼자남아 누군가를 떠나보내는 일이 더 힘든 법을 보여준 "맨발의 어머니"나, 이제는 지워진 "유년의 양철지붕", 스러진 '삼색등'만이 이승('이발')과 저승('벌초') 사이에 남은 '자리'를 폐허처럼 인화해준다. 이 도저한 소멸의 양상이 바로 시인이 부조浮彫해낸 '양철지붕 이발소가 있던 자리'이다. 이처럼 이용헌 시인은 애틋한 '기억의 현상학'을 통해 자신이 나고 자란 시공간을 애잔하게 복원해간다. 하지만 "누가 이처럼 선명한 고백을 슬픔이라"(「마魔의 삼각지대」) 말하겠는가? 오히려 이용헌 시인은 "지워야 할 기억들은 왜 스러지지 않나"(「남지나해에 새긴 낙서」) 자문하면서, 자신의 삶을 "그야말로 백지상태에서"(「블라인드 테스트」) 새롭게 시작하려 한다. 그러니 그가 돌아보는 유년과 고향은 순간적 '회감回感'의 대상만이 아니라 궁극적 '떠남'의 대상이기도 한 것이다.

벽지에 스며든 빗물이 간밤에 꽃을 피웠다
천장에서 뻗어난 뿌리는 바닥을 향해 줄기를 내리고
녹슨 못 자국마다 얼룩을 매단 꽃숭어리들
세상에, 거꾸로 핀 꽃이라니

태초의 생명은 물에서 태어났다는 말 들은 적 있지만
수직의 벼랑에 착생한 저 꽃의 근본은 무엇인가
나는 어머니의 자궁에서 착생하다 머리부터 밀고 나온
삼만 년 전쯤 내 얼굴을 그려보다가는
전생의 버짐 자국 같은 꽃의 출처를 찾아 나선다

그때 아버지는 비를 맞으며 사냥을 나갔고
창끝에 걸려든 짐승을 눕혀 어깨에 둘러멨을 때에도
꽃은 거꾸로 피었다
그리하여 꽃이 피는 날은 천지가 비릿한 날
허기진 무릎들은 바위틈에 둘러앉아 불을 지피고
아버지의 등짝에 핀 꽃이 희미한 얼룩으로 변해갈 즈음
나는 서툰 몸짓으로 또 다른 꽃무늬를 등에 새겼다

하늘 아래 내 첫울음을 받아 낸 그곳엔 벽이 없었다
벽이 없었으므로 비는 아버지 등에만 내렸고
아버지가 사라진 오늘, 빗물은 벽을 타고 흐른다

한평생 맨몸으로 살아가는 사람들의 집에 피는 저 꽃은
그러니까 비가 아니라 피의 흔적인지도 모른다
                    —「거꾸로 핀 꽃에 관한 설화」 전문

　이 또한 이용헌 기억의 보고寶庫에 담겨 있는 선연한 장면
들이다. 시인은 벽지에 스며든 빗물이 간밤에 피운 꽃을 묘
사해가는데, 이 또한 잔상(얼룩, 자리, 흔적)의 등가적 형
식이 아닐 수 없다. 그런데 그 꽃은 천장에 뿌리를 두고 바
닥을 향해 줄기를 내렸으니, 시의 제목대로 '거꾸로 핀 꽃'인
셈이다. 녹슨 못 자국마다 얼룩을 매단 '꽃숭어리들'은 생명
의 근원을 깊이 함축한다. 아닌 게 아니라 시인은 "태초의
생명은 물에서 태어났다는 말"을 환기하면서 "수직의 벼랑

에 착생한 저 꽃의 근본"을 물어간다. 그렇게 이용헌 시인
은 '어머니의 자궁'으로부터 나온 자신의 얼굴을 그려보다
가도 "전생의 버짐 자국 같은 꽃의 출처"를 찾아 나선다. 그
순간 바로 가족사적 기억의 오버랩이 시작된다. 다시 '그때'
로 돌아가서 시인은 아버지가 비를 맞고 사냥을 나가서 짐
승을 잡아 어깨에 둘러메었을 때 보았던 '거꾸로 핀 꽃'과,
천지가 비릿한 날 허기진 이들이 "아버지의 등짝에 핀 꽃"이
희미한 얼룩으로 변해가는 것을 바라보던 순간을 기억해낸
다. 자연스럽게 "하늘 아래 내 첫울음을 받아낸 그곳"엔 벽
이 없었고, 비는 아버지 등에만 내렸고, 이제 아버지가 사
라진 지금 시인은 벽을 타고 흐르는 빗물만이 그날의 기억
을 톺아 올린다고 고백한다. "한평생 맨몸으로 살아가는 사
람들의 집에 피는 저 꽃"이 "비가 아니라 피의 흔적"일지도
모른다고 생각하는 것이다. 이 '비=피'의 등식은 그 자체로
편(pun)의 일종이지만, 생명의 근원으로서의 물('비')과 가족
('피')을 유추적으로 연결하는 것이기도 하다. 이처럼 이용
헌 시인은 '거꾸로 핀 꽃'을 통해, 마치 자신의 외따로운 자
화상(=설화)을 그리듯이, 처연한 고백을 줄곧 이어간다. 그
고백이란 결국 "근원을 슬며시 내어주는 것"(「미간眉間을 짚다」)
이 아니겠는가. 그렇게 시인은 "아무도 그려본 적 없는 태
초의 내력을 온몸에 새긴 채 밤마다 은밀하게 천기를 누설
한 죄로 지상에서 가장 느리게 몸을 밀어야 하는 달팽이"(「스
파이럴 갤럭시Spiral Galaxy의 법칙」)의 형상으로, 자신의 존재론
적 기원을 꼼꼼하게 기록해간다. 이를 통해 가장 사적인 기

억을 통해 한 시대의 공적 기억에 이르는 그의 상상적 고투가 아름답게 각인되어간 것이다.

결국 이용헌 시편은, 시인 스스로 자신을 탐색하고 성찰하는 서정시의 예술적 속성을 강렬하게 보여준다. 서사나 극 양식이 상대적으로 세계 인식의 성격을 짙게 띠고 있는데 비하면, 서정시의 자기 탐구적 성격은 매우 고유하고 각별한 것이다. 그만큼 서정시의 근원적 창작 동기는 자기 확인 욕망에 있는 것인데, 이용헌 시편은 서정시의 이러한 지향을 아름답고도 아스라한 기억의 화폭으로 보여준다. 그 원질原質은 자신의 존재론적 기원에 대한 처연한 기억, 삶의 비극성에 대한 고백, 그리고 그것을 치유해가려는 궁극적 긍정의 마음이었다고 할 수 있을 것이다.

4. 타자들을 향한 따뜻한 시선

다음으로 이용헌 시인의 시선이 향하는 것은 동시대의 타자들이다. 그 점에서 이용헌은 사물에 대한 섬세한 시선으로 사회적 현상과 유추적 접점을 형성하고 있는 시인이다. 그는 사회 현상과 사물의 풍경을 이중의 겹으로 병치하면서 삶의 어둑한 실재를 시사하고 있는 작품을 줄곧 써간다. 그래서 이용헌이 구상하고 실천하고 있는 서정의 원리는, 대상의 외관을 묘사하면서도 그 안에 오랜 흔적으로 담겨 있는 서사적 계기들을 놓치지 않는 안목에서 가능한 것일 터이다.

진눈깨비 날리는 중부시장, 명란젓을 팔던 노파가 졸고
있다
　갯지렁이처럼 불거진 손등을 무릎에 포갠 채
　꼬무락꼬무락 바다의 밑바닥으로 가라앉고 있다
　물너울 넘실대던 흥남 앞바다로 가는 것일까

　스무 살 저편 그녀는 바다를 건너는 게 꿈이었다
　한 뙈기 밭두렁에 눌러 붙은 열두 식구의 목구멍은
　아버지의 그물질에 달려 있었다
　망망창창 아침 바다는 매양 날것으로 반짝였으나
　배가 고파요 어머니,
　어느 해 겨울부터 어머닌 아버지를 깨우지 않았다

　개마고원을 넘어온 높바람이 밤배를 밀던 밤
　물살을 가르는 그녀의 등줄기에는 지느러미가 돋고 있
었다
　아버지의 그물 속에서 팔딱이던 눈 퀭한 생선처럼
　그녀의 눈동자엔 물거품이 일었다 지고
　꿈을 짚던 관자놀이엔 아가미가 벌쭉거리고 있었다

　낯선 포구의 밤이 흐르는 건 시간 문제였다
　탱탱한 그녀가 할 수 있는 건 뭇 사내의 알을 배는 일뿐
이었다
　밤마다 등지느러미를 흔들며 젖은 옷고름을 풀어헤치면

그리움의 자손들이 치어 떼처럼 몰려왔다
자줏빛 젖꼭지가 퉁퉁 불어 있는 날들이 늘어갔다
그녀는 밤새 낳았던 알을 노을에 절이며 울었다

명란젓이요 명란,
길모퉁이를 도는 바람이 비닐천막의 치마폭을 걷어 올
리자
한 무리의 명태 떼가 흥남 앞바다를 가르며 달아난다
화들짝 놀란 그녀의 고쟁이 속에서 후욱, 갯내음이 쏟
아진다

　　　　　　　　　　　　　　　　　—「오수午睡」 전문

　작품 배경은 진눈깨비 흩날리는 '중부시장'이다. 겨울철
재래시장 풍경은 명란젓 파는 노파의 오수午睡와 함께 다가
온다. "갯지렁이처럼 불거진 손등"을 가지고 "꼬무락꼬무
락 바다의 밑바닥"을 향해 가라앉는 할머니의 졸음은 "물
너울 넘실대던 흥남 앞바다"를 향해 갈 것이라고 시인은 상
상해본다. 물론 '흥남 앞바다'는 할머니의 실제 서사를 담은
공간일 수도 있고, 할머니의 기원을 상상적으로 추적한 결
과일 수도 있다. 어쨌든 할머니의 스무 살 적 꿈은 바다를
건너는 것이었다. 아버지의 고단한 그물질로 식구가 살아
야 했던 가난을 넘어서, 그녀는 어느 해 겨울밤 망망창창
반짝이는 바다를 건넌다. 개마고원을 넘어온 높바람이 밤
배를 밀던 밤, 물살을 가르는 등줄기에는 지느러미가 돋았

고, 꿈을 짚던 관자놀이에는 아가미가 벌쭉거렸다. 그리고 "낯선 포구의 밤"을 지키면서 "뭇 사내의 알을 배는 일"로 그녀의 등지느러미는 흔들려갔다. 이제 노경老境의 그녀가 팔고 있는 "명란明卵젓"은 이름 그대로 "한 무리의 명태 떼"가 '흥남 앞바다'를 가르며 낳은 알이기도 할 테지만, 바람에 화들짝 놀란 그녀의 고쟁이 속을 훑고 나오는 고향 '갯내음'을 환기하는 것이기도 할 터이다. 이러한 신산하고도 아픈 서사는 그야말로 우리 근대사의 축쇄판이 아닐 수 없을 것이다. 결국 할머니의 '오수'는, '꿈'이라는 물리적 조건과 함께, 그 옛날 꾸었던 '꿈'의 좌절과 상처를 세월 속에서 삭여온 여인의 삶을 고스란히 재현해준다. 마치 "그늘을 쓰다듬은/ 이 눈먼 애연愛緣"(「어느 오, 후」)처럼, 할머니는 '명란젓'을 팔며 자신의 애연愛緣을 수긍해가고 "환영도 내면의 일부라고"(「사과에 대한 미신」) 믿어본다. 그렇게 할머니의 오수 속에는 곤고한 '여자의 일생'이 지느러미의 파동으로 헤엄치고 있는 것이다.

안개의 제국엔 국경선이 없다. 더 이상 도망칠 백성은 없으므로, 한번 갇히면 누구도 헤어나지 못하지만 그런 연유로 제국의 문은 열려 있고 천지간은 적막으로 가득 떠 있다. 어느 새벽 자전거를 탄 이국의 사내가 안개 속으로 빨려 들어간 적 있다. 비어 있으나 비어 있지 않고 차 있으나 차 있지 않은 그곳에서 꼼짝없이 여생을 갇혀 지내야 하는 일이 사람의 나라에선 외롭고 슬픈 일이지만 안개의 제국에선 흔하고 흔한 일, 아무도 자진 월경越境한 자의 행방은 수소문하지 않는다. 한번 삼키면 뱉을 줄 모르는 자본의 뱃속처럼 어둡고 컥컥한 길을 따라 그는 아직도 불 꺼진 공장 밖을 전전하고 있을까. 도道를 도라 말하면 도가 아니듯 무無를 무라 하면 무가 아니듯 죽음을 죽음이라 말하지 않는 사람들, 저 속절없이 자욱한 안개숲에는 더 이상 가지를 내밀 수 없는 나무들이 있다. 혼자인 듯 아닌 듯 아스라이 하늘을 괴고 서 있는 저것들을 사람들은 전신주라 부르지만 안개의 제국에선 깃발 없는 만장輓章이라 부른다. 지난 여름, 자전거를 타고 나가 돌아오지 않는 사내는 여전히 오리무중이란 말을 모른다

　　　　　　　　　　　　　　　　　　—「안개주의보」 전문

　여기서 '안개'는 단순하고 균질적인 의미를 띠지 않는다. 말하자면 '안개'는 일종의 '겹 상징'으로서, 다양하고 중층적인 의미를 파생하면서 다양한 원심으로 번져나간다. 하지만 그 구심적 상징으로서의 의미가 전혀 잡히지 않는 것은 아니다. 가령 시인의 시선에 들어온 사물들은 한결같이 '안개'에 의해 둘러싸여 있고, 그것은 우리 시대의 타자들을 어둑하게 환기해주기 때문이다. 시인은 국경선 없는 "안개의 제국"을 상상한다. 이는 모든 것을 은폐하고 지워가는 안개의 속성에서 연유한 것이겠지만, 시인은 더 나아가 국경이 없는 자본의 운동이 만들어낸 '안개의 제국'에서는 한번 갇히면 누구도 헤어나지 못한다고 상정함으로써 '안개'의 유

폐적 속성에 주목한다. 여기서 한 편의 우화가 시작된다.

어느 여름 새벽에 자전거를 탄 "이국의 사내"가 안개 속으로 빨려 들어갔는데, 그는 "비어 있으나 비어 있지 않고 차 있으나 차 있지 않은 그곳"에서 꼼짝없이 갇혀 지내야 했다. 이러한 폐쇄된 여생은 "사람의 나라"에선 예외적으로 슬픈 일이지만, "안개의 제국"에선 너무도 흔한 일이다. 자진으로 월경越境하여 '안개의 제국'에 흡수된 사람은 이처럼 "한 번 삼키면 뱉을 줄 모르는 자본의 뱃속"에서 어둑한 생을 살아갈 수밖에 없다. 마치 구약성서의 요나처럼, 그 어둡고 컥컥한 뱃속 길을 따라 불 꺼진 공장 밖을 전전하고, "죽음을 죽음이라 말하지 않는 사람들"과 함께 살아가야만 한다. 이때 '전신주'는 그 자체로 전력을 공급하는 동력이기도 하겠지만, '안개의 제국'에서는 "깃발 없는 만장輓章"으로 비칠 뿐이다. 이 선명하기 짝이 없는 우울한 삽화 뒤로 "인도양의 푸른 파도가 제본기의 책갈피처럼/ 펄럭이며 밀려올 때면/ 그는 공장 한 귀퉁이 폐지 뭉치 위에서/ 낡은 지도책을 펴놓고/ 엄지와 검지로 바다의 거리를 재기도 하였다"(「뻘밭」)는 어느 외국인 노동자의 삶이 다시 한 번 비극적으로 겹쳐진다. 이처럼 이용헌 시인은, 마치 "이생에서 우리의 일과란/ 어둠을 부리러 갔다 묻혀오는 일"(「지하 공단역」)이기라도 하다는 듯이, 우리 사회에 미만彌滿한 어둠을 가득 부려놓는다. "몸 밖으로 나온 울음들"(「울음의 난해성」)을 조용하게 보듬고 있는 것이다.

원래 서정시가 파악하고 표현하는 현실이란 구체적 장면

에서 유추되어가는 '상징적 현실'일 뿐이다. 이는 정치 경제적 현실을 직접 차용하거나 진술하지 않고, 상징적인 현실로 그것을 간접화한다. 그래서 서정시에서 현실이란 보편적인 인간 조건으로 화하면서, 구체적인 시대상을 암유暗喩하는 이중의 효과를 가진다. 그리고 그것은 그때 보편적 공감의 여지를 크게 가지게 된다. 이용헌이 선포한 '안개주의보'는 상징성과 실사구시實事求是를 결합함으로써, 삶의 구체성과 상황을 중시하는 이중의 독법讀法을 요청한다. 그럴수록 우리는 사람살이의 다양성을 섬세하게 형상화하는 이용헌 시편을 통해 우리 시대의 구체적인 사회적 맥락과 흔연히 만날 수 있게 된다. 그리고 동시대의 타자들에게까지 따뜻한 시선을 확장해가는 이용헌 시인의 품을 발견하게 된다.

5. '시'를 향한 치열한 자의식

다음으로 이용헌 시학이 겨냥하는 과녁은 메타적 사유를 통해 가닿는 '시詩' 자체라고 할 수 있다. 이는 시인 자신의 새로운 모색과 갱신의 과정을 담았다기보다는, 그동안 시인이 오랫동안 공들여 써온 '시' 자체에 대한 성찰의 깊이를 더해준다는 뜻을 담고 있다. 그러한 응시와 성찰 과정에서 시인의 시선은 '시'에 대한 연민의 순간과 왕왕 조우하곤 한다. 그는 그만큼 우리 주위의 하찮은 순간성 속에서 '시'의 근원을 찾고 '시'의 존명存命 가능성을 찾아낸다. 가령 "신神은 세목 속에 깃들인다."라는 말이 있거니와, 이용헌의 이번 시집에는, 보잘것없어 보이는 삶의 세목이 시인의 시선을 통해 얼마나 신성한 존재로 거듭나고 있는지를 생생하게 보여주는 실례들로 가득하다. 그 과정을 그는 '시'를 통해 담아내고 있고, 나아가 자신의 '시'가 가지는 의미를 더욱 깊게 굴착해가고 있는 것이다. '시'를 향한 치열한 자의식이 이때 생성되어간다.

> 벼루의 가운데가 닳아 있다
> 움푹진 바닥에 먹물이 고여 있다
> 바람을 가르던 붓끝은 문밖을 향해 누웠고
> 막 피어난 풍란 한 촉 날숨에도 하늘인다
> 고요가 묵향을 문틈으로 나른다
> 문살에 비친 거미가 가부좌를 푼다
> 격자무늬 창문을 살며시 잦힌다
> 달을 품은 하늘은 한 장의 묵화
> 어둠 갈아 바른 허공에도 묵향이 퍼진다
> 지상의 화공이 붓을 들어 꽃을 그릴 때
> 천상의 화공은 여백만 칠했을 뿐
> 달을 그린 화공은 어디에 있는가
> 길 건너 미루나무 먹빛으로 촉촉하고
> 검푸른 들판 위에 연못이 잠잠하다
> 갈필渴筆로 그리다 만 한 생애만이
> 마음속 늪지에서 거친 숨 적시고 있다
>
> —「묵지墨池」 전문

시인은 시집 곳곳에서 '시=말=문장'의 등식을 사유한다. 가령 "말과 말 사이에서 글과 글 사이에서/ 있는 듯 없는 듯 출몰하는"(「혹은」) 순간들, "깜깜한 땅속의 말/ 밀봉된 시간의 말"(「흰소리」), "미처 말이 되지 못한 문장들"(「겨울 산」)은 모두 이용헌이 사유하는 '시'의 애틋한 식솔들이자 분신들이다. 위 시편 제목인 '墨池'는 벼루 한편에 오목하게 만들어 물을 담아두는 부분을 말한다. 시인은 벼루 가운데가 닳아 움푹진 바닥에 고여 있는 먹물을 바라본다. '벼루/먹'은 문방사우文房四友의 세목인 만큼 '글=시'와 친연성이 높은 소재들일 것이다. 시인은 고요가 문향을 문틈으로 나르던 곳에서 "바람을 가르던 붓끝"을 상상해본다. 물론 그 붓끝은 "막 피어난 풍란 한 촉"처럼 향기롭고 날카로웠으리라. 이제 시인은 "달을 품은 하늘은 한 장의 묵화"이고 "어둠 갈아 바른 허공에도 묵향"이 퍼져가는 것을 기록해간다. 이때 '묵화墨畫/묵향墨香'은 '시'의 은유이고, "천상의 화공"은 '시인'의 은유적 화신이 된다. 그 화공은 여백만 칠하고 사물들이 그저 먹빛으로 존재하게끔 놓아두었을 뿐인데, "갈필渴筆로 그리다 만 한 생애"가 그렇게 순간적으로 "마음속 늪지"에서 아득하게 번져 나온다. 그 생애야말로 이용헌이 그토록 희원했던 장인匠人으로서의 자신의 모습이었을 것이다. 그렇게 시인은 "수직의 벼랑에 암각화 새기듯/ 전할 수 없는 마음 새긴"(「풀 위의 낙서」) 자신의 오롯한 시편을 통해 "내 생엔 다시 볼 수 없는 묵적墨跡들"(「만추晚秋」)을 수습하고 나아가 "세속의 경전을 집어던진 묵언수행"(「길 위의 연필」)을 지속해가고 있다. 융융하고 아름답다.

　'ㅡ' 모음 하나뿐인 속초 앞바다가 진종일 시를 쓰고 있
네. 수평선 가득 떠도는 비문을 처얼썩철썩 후려치며 온몸
으로 시를 쓰고 있네. 달랑 남은 백사장 위에 천 번도 더 썼
다 지우는 시, 밀었다 두드렸다 밤새 퇴고를 해도 끝내 한
행을 넘지 못하네. 'ㅡ' 아득도 하다는 듯 'ㅡ' 깊기도 하다는
듯, 달빛은 자꾸 허연 지우개가루를 뱉어내네. 철퍼덕철퍼
덕 앉았다 누웠다 파도는 빈 종이만 구겨 던지네. 생각하매
나 태어난 생의 바다도 'ㅡ' 모음 하나였네. 'ㅡ' 모음으로 누
워 젖을 빨고 'ㅡ' 모음 하나로 옹알이를 하였네. 모음에 자
음을 더하거나 자음에 모음을 더하기까지는 무수한 입술
들이 스쳐갔네. 행과 행을 넘어 행간을 짚기까지는 아직도
숱한 눈과 귀를 훔쳐야 하네. 태초의 문장은 모음 하나, 속
초 앞바다가 온몸으로 태초의 말씀을 풀고 계시네. 까마득
한 수평선 위로 낯익은 자음들이 날아가네.

　　　　　　　　　　　　　　　　　—「바다의 문장」 전문

　그러면 그가 공간을 달리하여 그려낸 '바다의 문장'은 어
떠한가? '바다의 문장'은 수평선을 환기하는 'ㅡ' 모음으로
시작한다. 속초 앞바다는 그 모음 하나로 '시'를 종일 쓰고
있다. "수평선 가득 떠도는 비문"을 수정하면서 바다는 온
몸으로 시를 써간다. 썰물과 밀물의 무수한 반복을 통해 밤
새 퇴고를 해도 끝내 한 행을 넘지 못하고, 아득도 하고 깊

기도 하다는 듯, '바다의 문장'은 수평선 형상에서 동작을 멈춘다. 이때 시인은 자신이 태어난 생의 바다도 'ㅡ' 모음 하나였다고 회상한다. 어떤 사물들을 전경前景으로 처리하고 사람살이로 전환해가는 이용헌 특유의 작법作法은 여기서도 그대로 관철된다. 그렇듯 시인은 'ㅡ' 모음으로 누워 젖을 빨았고 'ㅡ' 모음 하나로 옹알이를 했던 시간을 기억해낸다. 그 후로 수많은 모음과 자음을 얻어가기까지 그에게는 무수한 입술들이 스쳐갔고, 그는 행간을 짚기까지 숱한 눈과 귀를 훔쳐야 하는 '시인'이 되어버렸다. 결국 "태초의 문장"은 모음 하나였으니만큼, 바다는 온몸으로 모음으로서의 "태초의 말씀"을 풀고 있고, 수평선 위로 날아가는 새들은 파생적 속성으로서의 자음을 그려내고 있다. 이는 '시'의 본원적 존재 방식에 대한 은유적 형식을 갖춘 것이기도 한데, 그것은 더러는 "가벼운 구름의 말씀에 밑줄을 그은"(「獨居」) 것으로, 더러는 "책 밖의 언어들 줄줄이 갇혀 있는"(「우기雨期의 말문」) 데서 훌쩍 떠나는 형상으로 다가온다. 이처럼 이용헌은 자신의 시 쓰기를 통해 '시인'으로서의 자의식을 깊이 토로한 것이다.

　이용헌은 사물 사이에 존재하는 '언어=문장=시'의 등가적 형식을 관찰하고 표현하면서, 그것들이 일종의 내적 연관성으로 존재한다는 것을 노래해간다. 이때 '내적 연관성'이란, 근대적 인과율에 빚어진 것이 아니라 시인의 눈을 통해 새롭게 구축된 상상적인 것이다. 시인의 생각에, 만약 사물들 사이의 관련성이 명료한 인과 관계로만 설명된다면, 그것은 불구적인 것일 수밖에 없다. 그만큼 이용헌의 '시' 안에서 사물들은 상호 의존성과 거리감을 동시에 가진 채 서로 어울리면서 외따로 존재한다. 그의 시편들은 '시'의 이러한 존재 형식, 곧 적절한 상호 의존과 이격離隔의 원리에 대한 역설적 발견의 과정을 담아내고 있는 것이다.

6. 돌올한 첫 시집의 세계를 넘어서

우리 사회는 복합적 사유와 다중적 감각을 요구할 정도로 중층적 모순에 둘러싸여 있다. 말하자면 현실은 여전히 외피를 달리한 채 모순을 재생산하고 있고, 물량주의와 탈가치적 허무주의 같은 속악한 삶의 기율은 인문학적 성찰을 여지없이 초라하게 만들어가고 있다. 따라서 지금은 우리가 그동안 의심 없이 구축해왔던 담론들을 정치精緻하게 재해석하고 그에 따른 예술적 형상을 세련되게 가다듬는 일이 중요한 시점이다. 문학적 계몽의 종언을 서둘러 말하는 이들이 목소리를 높이는 시대에, 우리가 '시적 현실'의 유효성을 지속적으로 탐구해야 하는 당위성과 손쉽게 결별할 수는 없는 까닭도 여기에 있을 것이다. 말할 것도 없이, 이용헌 시학은 이러한 담론적 조건에서 중요한 감계鑑戒 역할을 충실히 해줄 현실 연관적이면서 동시에 현실 지향적인 세계를 보여주는 실례로 다가온다.

또한 우리는 서정시의 고유 임무가 이러한 현실과의 힘겨운 싸움을 감당하는 영혼들의 내적 고투를 기록하는 것임을 강조할 수 있다. 거기에는 우리 시대의 원리가 인간의 이성이나 관행에 의해 일사불란하게 관철되고 있다는 데 대한 부정과 함께, 이성이 그어놓은 관념의 표지標識에 대한 재구축의 열정이 담겨있다. 물론 그러한 부정의 정신은 실험적 전위들이 가질 법한 모험 정신과는 비교적 거리가 먼 것이다. 오히려 그것은 잃어버린 서정시의 위의威儀를 세우고자 하는 고전적 열망과 닿아있는 어떤 것이다. 물론 이러한 방향이 우리가 상실한 거대 서사(grand narrative)의 대안적 지평으로 반드시 등치되는 것은 아니겠지만, 우리 시대의 불모성과 교감 단절 그리고 실용주의적 기율 범람에 대한 유력한 시적 항체抗體는 될 수 있을 것이다.

결국 우리는 이용헌 시편을 통해, 자신의 내면에서 삶의 보편적 이치를 수습해내려는 노력과 함께, 현실에 대한 관찰과 표현으로 한 시대의 보편적 경험을 들추어내려는 간절함을 동시에 보아왔다. 특별히 이용헌의 적공積功은 우리의 공적 경험에 대한 시적 헌사로 받아들일 만한 것이며, 우리 삶의 곳곳에 편재하고 있는 혹독한 조건과 맞서 싸우는 힘겨운 유한자有限者의 모습을 담고 있는 세계이기도 하다. 더불어 그 유한자의 눈이 얼마나 깊이 자신의 삶의 형식과 사회 현실을 동시에 꿰뚫을 수 있는가를 보여주는 뜻깊은 실례라고 할 수 있을 것이다. 그러한 현실적 안목 아래에서 그는 슬픔과 사랑의 시학, 존재론적 기원을 향한 아스라한 기억의 현상학, 동시대의 타자 관찰과 탐구, '시'를 향한 치열한 메타적 자의식을 진정성 있게 밀고 나갔다. 비록 '진정성'

이라는 말이 개념적으로 포괄적인 것이긴 하지만, 이용헌 시인을 해명하는 데는 불가피하고 맞춤한 말이 아닌가 생각해본다. 그렇게 '기원'과 '타자' 탐구의 시적 진정성을 보여준 이 돌올한 첫 시집의 세계를 넘어, 이용헌 시인은 어떤 세계로 그 목소리를 이월해갈까? 깊은 믿음과 기대로 이용헌의 다음 시집을 기다려보도록 하자.